KB073533

모든 글쓰기

모든 글쓰기

1판 1쇄 인쇄 2019년 12월 28일
1판 2쇄 인쇄 2020년 5월 25일

글쓴이   한호택
발행처   (주)북펀딩
발행인   한호택
등록번호   제2018-000055호
등록일자   2008년 2월 22일
주소   경기도 성남시 수정구 성남대로 1182 소셜캠퍼스온 경기
전화   (010)7773-7773
팩스   (0504)275-6611
이메일   hohoti@naver.com

ISBN   979-11-965083-1-9 03800
값은 표지에 있습니다.

이 도서의 국립중앙도서관 출판예정도서목록(CIP)은 서지정보유통지원시스템 홈페
이지(http://seoji.nl.go.kr)와 국가자료종합목록 구축시스템(http://kolis-net.nl.go.kr)
에서 이용하실 수 있습니다. (CIP제어번호 : CIP2019052995)

모든 글쓰기

비즈니스 글쓰기에서 소설 쓰기까지 ─ 한 권으로 끝내는 책

한호택 지음

북펀딩

누구나 쓸 수 있다

동서고금을 막론하고 지도층의 무기는 글이다. 동양에서는 글을 잘 써야 과거 시험에 합격해 관직에 나갈 수 있었고 서양도 비슷한 상황이었다. 그런 까닭에 귀족 자제들은 어려서부터 의무적으로 수사학과 논술을 배웠다. 말과 글을 아름답게 꾸미는 수사학은 이후 문학으로 발전했고, 논술은 논리학으로 발달해 철학이나 과학에서 상대를 설득하는 수단이 되었다. 기득권을 유지하기 위해 지도층은 글을 널리 퍼뜨리지 않았다. 라틴어를 모르는 일반인이 성경을 읽게 된 것은 마르틴 루터의 종교개혁 이후다. 지금도 의사나 법률가는 일반인이 알아듣기 어려운 자기들만의 언어로 이야기한다. 이처럼 글은 권력이나 성공과 밀접한 관계에 있다.

이런 이유로 하버드대학은 '모든 학생이 작문과 텍스트를 해석할 수 있도록 한다'를 교육 목표로 명시하고 글쓰기를 가르친다. 신입생들은 한 학기 동안 글쓰기 수업을 들은 후 수많은 글쓰기 과제를 제출해야 졸업할 수 있다. 이렇게 배운 글쓰기가 학생들을 성공으로 이끈다. 리더로 활동하는 하버드 졸업생을 대상으로 성공 요인을 조사했더니 1순위로 글쓰기를 꼽았다. 시카고대학도 마찬가지다. 'The Little Red Schoolhouse'라는 글쓰기 프로그램을 운영하고 설득력 있는 논문을 쓰게 되면서 노벨상 수상자를 최다 배출하고 있다. 대학뿐만 아니라 미국은 모든 교과 과정이 글쓰기와 연관되어 있어 이를 '범교과적 글쓰기(Writing Across the Curriculum)'라 한다. 예를 들어 '1+1=2인 이유를 글로 설명하라'는 식이다. 이렇게 글로 풀어쓰게 하면 원리를 이해할 수 있고 상대를 설득하는 능력도 갖추게 된다.

최근에는 대기업들도 글쓰기를 가르친다. 세계적인 부

호 워런 버핏은 놀라운 글쓰기 실력을 보유하고 있다. 그가 쓴 「연례주주보고서」는 2005년 전미작문상을 수상했다. 읽기 힘든 딱딱한 주주보고서도 그의 손을 거치면 아름다운 글로 바뀐다. GE의 CEO 이멜트가 글쓰기 자문을 요청했고, 구글은 이 보고서를 모델로 전 사원의 글쓰기 교육을 실시했다. 세계적인 컨설팅 기업 맥킨지도 신입 사원이 들어오면 '보고서 작성법'부터 가르친다. 업의 특성상 글쓰기 능력이 필수이기 때문이다. 이들을 지도한 바바라 민토는 훗날 독립하여 '민토인터내셔널'이라는 회사를 설립해 보고서 작성, 프레젠테이션 방법 등을 가르쳤다. 업종이 무엇이든 회사는 글로 돌아간다. 글솜씨가 뛰어난 사람일수록 승진하거나 성공할 확률이 높다.

이 같은 사례는 한국에서도 쉽게 찾아볼 수 있다. 김효준 사장은 「BMW가 한국에 진출했을 때의 문제와 극복 방법」이라는 보고서 한 편으로 38세에 CEO가 되었다. 반면 글쓰기를 하지 못해 쫓겨난 사례도 있다. 임재춘 교수는 직장 생활하면서 가장 힘들었던 것이 업무보다 글이었고, 그 때문에 원자력국장 직책을 물러나게 되었다고 고백했다.

모든 글쓰기

지금도 그는 '자신이 받는 처우를 개선하려면 글쓰기를 배워야 한다'고 강조한다.

이런 사실을 한국 회사원들 역시 잘 알고 있다. 헤럴드경제 조사 결과 77.7퍼센트가 '기획서 작성 능력과 성공'이 상관성이 크다고 답했다. 그럼에도 불구하고 직장인 72퍼센트가 아직도 글쓰기를 어렵게 생각하고, 자신의 글쓰기 점수를 10점 만점에 평균 6.44점 정도로 낮게 평가하고 있다. 왜 이런 현상이 발생할까?

이유는 간단하다. 글쓰기를 배우지 못했기 때문이다. 미국과 달리 한국은 대학에서도 체계적으로 글쓰기를 가르치지 않는다. 입사해도 마찬가지다. 직무 교육은 시켜도 소통의 바탕이자 능력 발휘의 토대인 글쓰기 교육은 하지 않는다. 그러면서 이해할 수 없는 문서를 가져오는 직원 때문에 골머리를 앓는 상사나 CEO를 많이 보았다. 학교에서 무엇을 배웠냐고 꾸짖어도 소용없다. 대부분 글쓰기를 배울 기회가 없었기 때문이다.

이 책은 이런 문제를 해결하기 위해 썼다. 나 자신 아무

것도 모르는 상태에서 시작해 좌충우돌하며 글쓰기를 배웠고, 열 가지 책을 출간하고 나서야 '**방법만 알면 누구나 쓸 수 있다**'는 결론을 내렸다. 나처럼 글을 잘 쓰고 싶지만 어떻게 써야 할지 어려워하는 사람을 생각하며 내용을 구성했다. 내가 겪은 시행착오를 줄이면서 잘 쓰는 방법을 전하고 싶었다.

이 책은 먼저 모든 글쓰기의 핵심 원리를 설명하고, 이 원리가 어떻게 보고서, 제안서, 기획서 등 회사 문서와 연결되는지 설명할 것이다. 나아가 비즈니스 글과 소설의 공통점, 차이점도 알게 할 것이다. 스토리텔링은 비즈니스 글쓰기에 도움이 된다. 예를 들어 프레젠테이션을 시작할 때 사례나 에피소드로 시작하면 청중을 집중시키고 공감대를 형성하기 쉽다. 소설도 마찬가지다. 소설 역시 비즈니스 글처럼 인과론을 따른다. 따라서 논리를 이해해야 탄탄한 구성을 할 수 있다.

아리스토텔레스 시대부터 지금까지 설명이나 설득은 논리를 바탕에 두고 있다. 유명한 비즈니스 글쓰기 지침서

모든 글쓰기

바바라 민토의 『논증의 기술』도 연역법, 귀납법을 이용해 논리를 전개하는 방법부터 설명한다. 학술 논문이든 비즈니스 문서든 논술은 연역법과 귀납법이 핵심이기 때문이다. 학창 시절에 한 번쯤 듣고 지나쳤을 이 방법을 이해하고 사용하면 상대를 쉽게 설득할 수 있고 합리적인 사람으로 인정받는다. 논리라고 해서 긴장할 필요는 없다. 우리는 일상 대화에서도 이 논증법을 흔히 사용하고 있다. 즉 누구나 알고 평소 쓰는 방법이다.

자, 연역법부터 시작해보자. 일상에서 겪는 일을 예로 들어 재미있다.

2019년 12월
한호택

목차

Ⅲ부 표현

논리

이해를 돕기 위해 딱딱한 논리학 용어를 우리가 평소 사용하는 단어로 바꿔보자. 연역법의 출발점인 '대전제'는 우리가 진리라고 믿는 사실 또는 대부분의 사람이 인정하는 상식이다. 일상 대화에서는 굳이 '대전제'까지 말하지 않는다. 누구나 아는 상식이기 때문이다. '소전제'는 이유다.

01
연역법은 일상에서 흔히 쓰는 방법이다

경비 절감을 위해 층마다 복사기 하나만 놓고 사용하는 회사가 있다. 아침이면 사람들이 몰려 줄을 선다. 급하다고 새치기하려 들면 끼워주지도 않을뿐더러 통박을 받기 일쑤다. 이때 먼저 복사할 수 있는 방법이 있다.

"정말 죄송하지만 제가 먼저 하면 안 될까요? 부장님이 빨리 가져오라고 독촉하셔서요."

이유를 대면 된다. 이유만 설명하면 양보받을 확률이 90퍼센트까지 높아진다. 실험을 통해 증명된 사실이다. 왜 이유를 말하면 양보받을 확률이 높아질까? 연역법을 사용했기 때문이다.

연역법은 사람 대부분이 사용하는 논리다. 무의식적으로 사용해 의식하지 못할 뿐이다. 연역법의 일반적 정의는 '알고 있는 진리에서 출발해 결론을 끌어내는 방법'이다. 잘 알려진 삼단논법을 살펴보자.

대전제 **사람은 죽는다.**

소전제 **소크라테스는 사람이다.**

결론 **따라서 소크라테스는 죽는다.**

일반적 상식인 '사람은 죽는다'라는 진리(전제)에서 '소크라테스는 죽는다'라는 결론이 나오는데 전제를 인정하면 결론도 받아들이게 된다.

이해를 돕기 위해 딱딱한 논리학 용어를 우리가 평소 사용하는 단어로 바꿔보자. 연역법의 출발점인 '대전제'는 우리가 진리라고 믿는 사실 또는 대부분의 사람이 인정하

16

모든 글쓰기

는 상식이다. 일상 대화에서는 굳이 '대전제'까지 말하지 않는다. 누구나 아는 상식이기 때문이다. '소전제'는 이유다. 보통 대화에서는 '대전제'를 줄여 이렇게 말한다.

결론 **소크라테스는 죽는다.**

이유 **왜냐하면 사람이기 때문이다.**

이 정도만 이야기해도 충분히 알아듣고 받아들인다. '대전제'를 생략했기 때문에 이를 생략삼단논법이라 한다. 일상 대화에서는 정식삼단논법보다 생략삼단논법을 더 많이 사용한다. 이유만 말해도 대화가 통하기 때문이다. 실제 위 문장을 봐도 '왜냐하면 ~' '~ 때문이다'처럼 이유를 이끄는 단어를 썼다.

복사기 사례에서도 전제가 생략된 연역법이 사용됐다. 여기서 전제는 무엇일까? '급한 경우 예외가 인정된다'다. 위 대화도 아래와 같이 삼단논법으로 재구성할 수 있다.

대전제 급한 경우에는 예외가 인정된다.

소전제 나는 급하다.

결론 그러니 예외로 먼저 복사하겠다.

'급한 경우 예외가 인정된다'라는 '대전제'는 사람 대부분이 인정하는 상식이다. 구급차는 신호를 무시하고 달려도 당연하다고 생각한다. 설사가 나올 것 같다고 사정하는 사람에게 화장실 순서를 양보하지 않기는 어렵다. 이런 까닭에 '대전제'를 바탕에 깔고 이유를 대면 상대를 설득하기 쉽다.

앞의 문장을 다시 살펴보자.

"정말 죄송하지만 제가 먼저 하면 안 될까요? 부장님이 빨리 가져오라고 독촉하셔서요."

여기서 먼저 하겠다는 게 이 사람의 주장이다. 이 주장을 '부장님이 독촉하셔서'라는 이유로 뒷받침한 생략삼단논법, 즉 연역법을 사용했기 때문에 양보받기 쉬운 것이다. 이렇듯 대부분의 사람이 인정하는 상식에 바탕을 두고 이야기하면 상대를 설득하기 쉽다.

모든 글쓰기

여기서 '대전제'가 상식에 바탕을 두고 있다는 말에 의아해하는 사람도 있을 것이다.

과학사에 있어 천동설과 지동설 논쟁은 지동설의 승리로 끝났다. 그 과정에서 여러 과학자가 순교했고 갈릴레이도 겨우 죽음을 면했다. 당시에는 천동설이 상식이었기 때문이다. 수많은 과학자들의 노력 끝에 이제는 지동설이 상식이 되었고, 천동설을 주장해도 사람들이 믿지 않는다. 이렇듯 당대의 상식을 벗어난 논리로 상대를 설득하기란 쉽지 않다.

그러면 천동설에서 지동설로의 전환, 즉 기존의 상식을 깨고 새로운 진리를 입증하는 방법은 무엇이었을까?

그 방법은 사실을 모아 공통점을 추출하는 귀납법이다. 코페르니쿠스와 갈릴레이는 사실을 근거로 기존의 상식인 천동설을 지동설로 바꿨다. 이런 이유로 연역법을 '진리 보존적'이라 하고 귀납법을 '진리 확장적'이라 한다. 하지만 상식이라고 모두 어설프다 생각하면 안 된다. 상식은 수만 년 인류의 역사를 통해 검증되고 축적된 지식이기 때문이다.

정리하면 연역법은 상식이나 기존에 진리라고 인정받은 명제에 의거해 주장을 펼친다. 이처럼 상위 개념을 통해 하위 개념을 설명하는 방식은 인간에게 익숙하다. 이 체계가 우리에게 얼마나 익숙한지 다른 예를 들어보겠다.

모든 존재는 생물과 무생물로 나뉜다. 아래로 내려가면서 다시 생물은 동물과 식물로 나뉜다. 이렇게 수직적으로 계통을 분류해간다. 그리고 이 계통 구조에 의거해 상위 개념인 동물을 끌어다가 '사람은 동물이다'라고 정의한다. 여기서 '사람은 동물이다'라는 설명만으로는 뭔가 부족한 느낌이 든다. 동물에는 여러 종류가 있어 이 정의만으로는 다른 동물과 인간을 구별할 수 없기 때문이다. 그래서 인간만의 특성을 덧붙인다. 이런 과정을 거쳐 인간의 사전적 정의는 '인간은 이성적 동물'이 된다. 즉 수직적으로는 상위 개념을 찾고 수평적으로는 고유한 특성을 찾아 대상을 정의한다.

마찬가지로 회사원은 총무부원, 인사부원 등 부서원으로 정의한다. 여기에 고유 업무를 붙여 "나는 총무부에서 구매를 담당하는 OOO입니다"라고 자신을 설명한다. 일반적으로 상위 개념을 '류'라 하고 차이점을 '종차'라 불러 이를 '류와 종차에 의한 정의'라고도 한다.

전제도 비슷한 방식으로 논리 전개를 이끈다. 다만 정의가 설명에 중점을 둔다면 전제는 상식에 기반해 설득하는 경우가 많다.

다시 위에 나온 삼단논법 사례를 분석해보자.

전제 사람은 죽는다.

이유 소크라테스는 사람이다.

결론 따라서 소크라테스는 죽는다.

이 예문에서 소크라테스의 상위 개념은 '사람'이다. 다시 말해 이는 바로 사람이라면 누구나 '죽는다'는 걸 의미한다. 그런 목적을 달성하기 위해 누구나 인정하는 전제를 묵시적으로 바탕에 깔고 '소크라테스도 사람이기 때문에 죽는다'고 논리를 전개한다. 이런 연역법을 활용하면 상대를 쉽게 설득할 수 있다. 예를 들어보겠다.

전제 국민은 국법을 준수해야 한다.

이유 너는 (한국 국민이니) 한국법을 준수해야 한다.

결론 그러니 차에서는 안전띠를 매라.

이 구조를 보면 전제의 '국민'은 '나'의 상위 개념이다. 그리고 전제에 이미 '법을 준수해야 한다'는 주장이 들어있다. '사람인 소크라테스가 죽는다'와 같은 형식으로 '국민인 너는 차에서 안전띠를 매야 한다'는 주장을 펴는 것이다. 흔히 생략삼단논법을 사용하는 일상 대화에서는 "안전띠를 매. 법을 지켜야 하잖아" 정도로 표현할 것이다. "국민이 나라 법을 지켜야 하는 것처럼 회사원인 너는 사규를 따라야 해" 같은 주장도 가능하다. 이 주장에서도 회사원과 사규는 전제에 들어있는 국민과 법의 하위 개념이다.

전제가 어떤 형식으로 구성되었는지 더 깊이 살펴보자. 앞부분 '국민이라면'이라는 문장은 일반적인 조건, 상황을 나타낸다. 그리고 뒷부분 '법을 준수해야 한다'는 일반적인 지침, 내용을 말한다. 즉 전제는 [일반적인 상황, 조건] → [일반적인 지침, 내용]의 형식이고 앞으로 펼칠 주장, 결론을 내포하고 있다. 따라서 전제를 인정하는 사람은 뒤에 펼쳐지는 주장, 결론을 받아들일 수밖에 없다.

정리해보자. 연역법에서 전제 역할을 하는 명제는 대부분 상위 개념이다.

국민 > 회사원 > 너

법 준수 > 사규 준수 > 안전띠를 매라

일반적으로는 전제를 먼저 제시하고 이유와 주장을 펼친다. 여기서 '이유'는 전제의 '일반적인 상황과 조건' 그리고 '주장'은 '일반적인 지침, 내용'과 대응한다.

국민이 법을 준수하듯 *(전제)*

회사원이라면 *(이유)*

사규를 준수해야 한다. *(주장)*

누구나 아는 전제(상식)는 굳이 표현하지 않는다. 생략삼단논법에서는 전제를 생략하고 이렇게 말한다.

***회사원은 사규를 준수해야 한다.*

다음으로 '누구나 아는 상식' 즉 전제 자체를 살펴보자.

대표적인 것이 인과관계가 분명한 자연법칙이다. 젖이
나오는 개라면 '암컷이고 새끼를 낳았다'는 전제는 표현하
지 않아도 알 수 있다. "떨어지는 밤에 맞으면 다치니까 밤
나무 밑에 가지 마라"라는 말을 하면서 '중력 법칙'까지 설
명할 필요는 없다. 일상생활에서 사람 대부분이 공감하는
지침도 여기에 해당한다. "상대방에게 존중받으려면 고운
말을 써라"라는 주장을 하기 위해 '가는 말이 고와야 오는
말이 곱다'라는 속담까지 인용하지 않아도 된다.

하지만 파격적이거나 복잡한 주장은 전제를 설명해야
상대가 이해할 수 있다. 아래는 대정부 질의에서 나온 이야
기다.

이유 **이 정부는 경제를 시장의 흐름에 맡기지 않는다.*

모든 글쓰기

결론 *따라서 이 정부의 경제 정책을 수정해야 한다.*

이렇게만 말하면 일반 시청자들은 이해하기 어렵다.

전제 *자본주의 국가라면 경제를 시장의 흐름에 맡겨야 한다.*

친절하게 전제까지 설명해야 논지가 이해된다. 전제가
받아들여지지 않으면 이후의 주장도 무너진다. 그래서 서
로가 대립하는 정치 토론에서는 전제 자체를 부정하거나
비판하는 경우가 많다. 실제 위 대정부 질의에서도 전제를
부정하는 반론이 나왔다.

반론 *자본주의 국가라고 전적으로 경제를 시장의 흐름에 맡기
지 않는다.*

이처럼 일상 대화에서 사용하는 전제는 각자의 입장, 문
화, 가치관에 따라 달라질 수 있다. 즉 전제라고 모두 옳은
것은 아니다. 예를 들어 많은 사람이 인정하는 상식인 속

담도 '모르는 게 약이다'라는 말이 있는가 하면 '아는 게 힘이다'처럼 대립되는 말이 있다. 문화 역시 마찬가지다. 나라, 회사, 집단마다 인정하는 전제가 다를 수 있다. 그래서 자체 원칙(전제)을 수립해 운영하는 회사도 있다.

> **전제** **우리 회사는 장점이 단점보다 많으면 프로젝트를 수행한다.**
> **이유** **프로젝트 A는 장점이 단점보다 많다.**
> **결론** **프로젝트 A를 실시한다.**

이런 이유로 논리의 제1원칙은 '자비의 원칙(Principle of Charity)'이다. 역지사지하는 자세로 최대한 상대의 주장을 온전하게 이해한 다음 비판해야 한다는 뜻이다. 하지만 흔히 '말꼬리 잡기'처럼 표현 방식을 공격하는 다툼이 자주 발생한다. 이런 식의 대응보다는 일단 상대가 주장하는 전제를 이해하고 그것을 반박하는 논리를 펴는 게 효과적이다.

전제에 기초한 연역법이 통하지 않는가. 그러면 더 강력한 논증 방법을 소개하겠다. 바로 귀납법이다.

02
귀납법은 상대를 설득하는 강력한 방법이다

잠실에서 지하철을 갈아타고 회사로 간다. 긴 환승 통로를 따라 사람들 사이에 섞여 걷는데 앞에서 누군가 뛰기 시작한다. 한 명이 뛸 때는 바라만 보다가 서너 명이 뛰면 나도 뛴다. '저 많은 사람이 달려가니 차가 곧 도착하나 보다' 추측하면서. 허겁지겁 달려갔는데 플랫폼이 비어있으면 허탈하다. 둘러보면 여러 사람이 멍한 표정으로 가쁜 숨을 몰아쉬고 있다.

심리학에서는 이런 현상을 '사회적 증거의 원칙'이라고 말한다. 쉽게 말해 남 따라 한다는 의미다. 온라인 쇼핑에서 댓글 혹은 평점을 보고 구매를 결정하는 것이나 일반인들이 제품 좋다고 홍보하는 광고가 이 원칙을 이용한 것이다. '많은 사람이 결정했으니 좋은 제품이겠지' 하는 생각에 덩달아 사기 쉽다. 이처럼 '증거'는 판단에 결정적 영향을 미친다.

집단별로 보면 '증거'를 가장 많이 요구하는 사람들은 법조인이나 정치인일 듯싶다. 정치인들은 '증거'라는 말보다 '근거'라는 단어를 사용하지만 내용은 비슷하다. TV 정치 토론에서 "근거가 뭡니까?" "근거를 대세요" 하며 상대를 압박하는 장면을 흔히 볼 수 있다. 반대로 언론 보도자료나 통계 수치를 근거로 상대를 공격하기도 한다.

이처럼 일반인에서 정치인까지 우리 사회에서 근거의 힘은 막강하다. 근거를 중시하는 과학적 방법론이 일상생활에까지 영향을 미치고 있기 때문이다. 다소 추상적인 질문으로 예를 들어보겠다.

도입부 *사람이 추구해야 할 최고의 가치는 무엇인가?*

주장 *사랑이다.*

이렇게만 말하면 수긍하지 않는 사람이 있을 것이다. 이때 근거를 나열하면 설득력이 높아진다.

근거 1 기독교에서 추구하는 최고의 가치는 '사랑'이다.
근거 2 불교에서 강조하는 '자비'도 '사랑'을 뜻한다.
근거 3 유교의 인(仁) 역시 사랑을 의미한다.

주장 인류의 위대한 종교와 사상이 모두 '사랑'을 추구한다.
따라서 사람이 추구해야 할 최고의 가치는 '사랑'이다.

이렇게 근거로 뒷받침하면 주장이 강력해지고 상대가 수긍할 가능성이 커진다. 다산 정약용도 이런 말을 남겼다.

"세 가지 이유를 대면 설득력이 있고, 세 가지 근거를 대면 정당성을 얻는다."

단순히 예시를 많이 나열한다고 주장이 강력해지진 않는다. 공통점이 있어야 한다. 바로 이렇게 근거들의 공통점을 뽑아 결론을 도출하는 방법이 귀납법이다. 사전적 정의로는 '개별적인 특수한 사실이나 현상에서 그러한 사례들이 포함되는 일반적인 결론을 이끌어내는 추리 방법'을 말한다. 여기서 개별적인 사실이나 현상이 '근거'이고, 공통점이 '결론'이다.

귀납법은 주로 '방법(How)' '이유(Why)' '근거(What)'를 제시하거나 설득할 때 사용한다. 예를 들어 살펴보자. 먼저 방법(How)이다.

예시 1 **책을 많이 읽어야 한다.**

예시 2 **글을 많이 써야 한다.**

예시 3 **생각과 상상을 많이 해야 한다.**

널리 알려진 '글을 잘 쓰는 방법'이다. 송나라 시대의 문인 구양수가 주장한 내용이지만 지금도 사람들이 인정하는 글쓰기 방법이다. 위와 연관해서 이유(Why)를 정리해보자.

예시 1 창작의 바탕은 배움과 모방이다. 다른 사람의 글을 읽지 않으면 배움과 모방은 불가능하다.

예시 2 글쓰기는 운동처럼 훈련을 요하는 기술이다. 그러니 많이 써야 실력이 는다.

예시 3 생각을 정리해 표현한 게 글이다. 생각이 선행되지 않으면 글을 쓸 수 없다.

끝으로 근거(What)를 정리해보자.

예시 1 헤밍웨이를 비롯한 위대한 문호들은 모두 책 읽기를 강조했다.

예시 2 나탈리 골드버그 등 작가이자 글쓰기 교사들은 시간을 정해 꾸준히 글쓰기를 해야 한다고 주장했다.

예시 3 프루스트, 몽테뉴는 글을 쓰지 않는 시간 대부분을 생각하는 데 썼다.

마지막으로 제시한 세 가지 근거를 '주부'와 '술부'로 나눠 공통점을 살펴보자. 주부는 모두 문인이다. 술부는 글쓰기와 관련된 행동이다. 이처럼 귀납법은 주부 또는 술부를 묶어 연역법에서 이야기한 상위 개념을 도출한다. 이렇게 상위 개념으로 묶을 수 있는 공통점, 적어도 유사성이 없으면 귀납법은 성립되지 않는다.

> 예시 1 **영희는 독서를 좋아한다.**
>
> 예시 2 **철수는 운동을 싫어한다.**
>
> 예시 3 **길동이는 밥을 잘 먹는다.**

위의 예처럼 주어도 다 다르고 술어에서도 공통점을 찾을 수 없으면 결론을 도출할 수 없다. 연역법과 마찬가지로 귀납법도 제시하는 예시들이 모여 상위 개념을 형성해야 한다. 달리 말해 연역법과 귀납법은 전개 순서가 다를 뿐 구조는 같다.

비즈니스 사례로 공통점 추출을 더 연습해보자.

> 예시 1 *B 회사의 서비스 수준이 떨어지고 있다.*

예시 2 B 회사는 몇 번 월급을 체불했다.

예시 3 B 회사는 협력사에 대금을 지불하지 못하고 있다.

주부의 공통점은 B 회사다. 술부의 공통점은 무엇인가. 돈이 없고 월급을 체불해 직원들 사기, 서비스에도 영향을 미치고 있다. 얼핏 생각해도 '경영이 어렵다'는 사실을 알 수 있다. 따라서 'B 회사는 경영난에 빠진 듯하다'는 결론을 도출할 수 있다. 이렇듯 귀납법 적용에서는 공통점 추출이 중요한데, 방법은 주부와 술부를 묶어 유사성을 찾는 것이다. 하지만 공통점이 명확하게 추출되지 않을 때가 있다. 이럴 때는 '조건'을 한정 짓거나 '가정'이라는 언급을 앞에 두고 완곡하게 표현하는 게 낫다. 한계를 인정하는 솔직한 진술이 오히려 신뢰가 가기 때문이다.

한 가지 예를 더 보자.

예시 1 D 업체는 우수한 특허 기술을 가지고 있다.

예시 2 D 업체는 주가가 매우 싸다.

모든 글쓰기

예시 3 *D 업체는 창업주 뒤를 이을 후계자가 없다.*

술부의 공통점이 분명하지 않은 경우에도 결론을 유추할 수 있다. 위의 예처럼 우수한 특허 기술이 있고 주가가 싸면 특허 사냥꾼의 표적이 되기 쉽다. 특허 사냥꾼은 주로 상대 회사를 통째로 사들이는 방법을 쓰는데 후계자마저 없으니 'D 업체는 M&A의 타깃이 되기 쉽다'는 결론을 유추할 수 있다.

물론 이런 예측이 틀릴 수도 있다. 이는 위의 예시 문제만이 아니라 귀납법 자체의 한계이기도 하다. 백만 마리 백조를 조사해 모두 하얀색이면 백조는 하얗다고 주장할 수 있다. 하지만 이 주장이 절대적이라고 단정할 수는 없다. 아직 발견되지 않았지만 다른 색의 백조가 나타날 가능성도 있기 때문이다. 실제로 돌연변이 검은 백조가 발견되기도 했다. 이런 이유로 영국의 철학자 버트런드 러셀은 '매일 먹이를 주던 농부가 어느 날 닭 모가지를 비튼다'는 우화에 빗대 귀납법의 한계를 지적했다.

이런 한계가 있음에도 불구하고 현대에 들어 귀납법은

과학적 방법으로 인정받고 있다. 논리 형식상으로는 연역법이 타당하나 역사상 여러 오류를 드러냈기 때문이다. 예를 들어 '독일 민족은 다른 민족보다 우수하다' '백인은 흑인보다 우월하다' '남자는 여자보다 지능이 뛰어나다' 같은 전제를 근거로 연역적 논증을 펼친 사례가 많다. 중세 사람들이 천동설을 믿었듯 당시 사람들은 그런 주장을 전제로 노예 제도, 유대인 대학살 등 잔악한 행위를 정당화했다.

왜 이런 문제가 발생했을까? 위의 전제들이 대부분 검증 불가능한 추상적 명제이기 때문이다. 이런 오류가 문제가 된 이후 논리 실증주의자들은 '검증 가능성'을 논리 요건으로 삼았다. 과학과 마찬가지로 감각적, 경험적으로 확인 가능한 근거로 뒷받침된 이론만이 논증 대상이 되어야 한다고 주장했고, 비트겐슈타인은 이를 '말할 수 없는 것에 대해서는 침묵해야 한다'는 유명한 말로 정리했다.

과학의 발달과 더불어 귀납법의 영향력은 더 커졌고 통계학을 접목하는 등 한계를 보완해 지금은 대표적인 경제·경영 기법으로 활용되고 있다. 예를 들어 품질 관리 기법인 '6시그마'는 통계적 검증을 원칙으로 한다. 마케팅 계획을 수립할 때도 'AB 테스트' 등 통계를 활용해 데이터를 분석하고 전략을 수립한다. 하지만 통계에서도 '오차 범위' '신뢰 수준'의 한정을 두는 것처럼 아무리 많은 근거가 있어도 귀납법에는 여전히 문제가 남는다. 방법 자체에 빈틈이 있는 것이다.

이런 약점을 보완하기 위해 최근에는 귀납법과 연역법을 함께 사용하는 논증 방법이 일반화되고 있다. 두 방법을 묶어 사용하면 더욱 탄탄한 논증이 되고 각 방법의 단점을 보완할 수 있다. 대표적인 방법이 '귀납 연역법'이다.

연역법은 전제가 잘못됐다면 이후의 논리 전개가 타당하더라도 올바른 결과가 나올 수 없다. 또 일상생활에서 연역법의 전제는 상식에 의존하는 경우가 많아 오류 발생 가능성이 크다. 영국의 프랜시스 베이컨은 이런 오류를 네 가지 유형으로 정리해 '4대 우상'이라 비판하고 올바른 연구 방법론으로 귀납법을 주창했다.

그런데 만약 귀납법으로 도출한 결론을 연역법의 전제로 삼으면 어떨까? 사실에 근거한 귀납법과 논리적인 연역법의 장점을 결합했으니 탄탄한 논증이 될 것이다. 이를

'귀납 연역법'이라 한다.

일상생활의 예를 '귀납 연역법'으로 정리해보자.

예문 **지난해 김 군은 390점으로 S대학에 수석 합격했다. 같은**
해 이 양은 363점으로 S대학에 합격했지만 박 양은 356
점으로 불합격했다. 신 군은 S대학을 목표로 하고 있지만
올해 최종 모의고사에서 350점을 받았다.

먼저 이 내용을 귀납법으로 정리해 신 군의 결과를 예
측해보자.

예시 1 **김 군은 390점으로 S대에 수석 합격했다.**
예시 2 **이 양은 363점으로 S대에 합격했다.**
예시 3 **박 양은 356점으로 S대에 불합격했다.**

위 예시들로 결론을 도출할 때 올해 S대학의 합격 커트
라인이 지난해와 같다고 가정한다면 360점 정도일 것이다.
그리고 이 결론을 전제로 판단할 때 신 군은 S대학 입시에

서 떨어질 확률이 높다.

전제 *S대학의 합격선은 360점 수준이다. (귀납 연역법 : 결론→전제)*

결론 *신 군은 S대학에 합격하지 못할 것이다.*

이유 *신 군의 점수가 350점이기 때문이다.*

이런 판단을 내렸다면 신 군은 남은 기간 점수를 더 올리든가 다른 대학을 지망해야 할 것이다.

다른 사례를 하나 더 살펴보자.

예문 *S 회사는 매년 공개 입찰을 통해 컴퓨터를 구입하고 있다. S 회사의 점수 배정은 가격 40점, 성능 40점, 용량 20점이다. A 회사는 전년도에 87점으로 입찰에 성공했다. 올해 입찰을 앞두고 성능과 용량 점수를 B 회사의 신형 컴퓨터와 비교해보니 3점이 뒤지고 가격은 같았다.*

이 내용을 귀납법으로 정리해보자.

예시 1 A 회사는 전년도에 87점으로 입찰에 성공했다.

예시 2 올해 성능과 용량 점수에서 A 회사는 B 회사 컴퓨터에 3점 뒤지고 있다.

예시 3 가격은 같다.

위 예시들로 결론을 도출하면 S 회사 공개 입찰에서 B 회사를 이기려면 지난해보다 최소 4점을 더 얻어야 하고, 합격 점수는 90점 이상이 될 것이다. 이를 다시 연역법으로 정리해보자.

전제 S 회사 입찰에서 1위를 하려면 90점 이상을 받아야 한다.

결론 A 회사는 입찰에서 떨어질 것이다.

이유 A 회사 컴퓨터 점수는 87점 수준이기 때문이다.

A 회사는 가격을 내려 B 업체보다 4점 이상을 더 받든지, 아니면 컴퓨터 성능이나 용량을 향상해야 할 것이다.

이처럼 귀납법과 연역법은 매우 밀접하다. 이런 이유로

현대의 논증은 대부분 연역법과 귀납법을 묶어 쓰는 경우가 많다. 이렇게 하면 연역법의 '이유'와 귀납법의 '근거'가 합쳐져 탄탄한 논증이 되기 때문이다.

다음 장에서는 연역법과 귀납법을 정교하게 엮어 논증하는 방법을 설명하겠다.

03
PREP프렙은 현대의
대표적 논증 체계다

예나 지금이나 리더는 연설을 잘해야 한다. 매해 선거 철이 되면 우리는 수많은 연설자를 볼 수 있다. 연설이 당 락을 결정하지는 않지만 큰 영향을 미친다. 연설을 잘하려 면 어떻게 해야 할까? 연설의 기초가 되는 글쓰기를 잘해 야 한다. 강원국의 『대통령의 글쓰기』를 보면 김대중, 노무 현 대통령이 연설문 작성에 얼마나 공을 들였는지 잘 나타 나 있다. 대통령이 이럴 정도니 글쓰기 실력이 리더의 자질 이라고 해도 과언이 아니다.

실제 리더로 활동하는 하버드 졸업생들이 성공 요인 1

순위로 글쓰기를 꼽았고, 이를 증명이라도 하듯 당대 최고의 연설가로 인정받는 버락 오바마는 학생 때「하버드 로 리뷰」편집장을 맡을 정도로 글솜씨가 뛰어났다. 한국도 마찬가지다. 강원국은『회장님의 글쓰기』라는 책도 냈는데 이 책을 읽어보면 CEO의 글쓰기 능력이 얼마나 중요한지 잘 나타나 있다. 단적으로 말해 비전은커녕 신년사 하나 제대로 발표하지 못하는 리더를 직원들이 어떤 눈으로 바라보겠는가.

그러면 리더로서 최고의 연설가는 누구일까? 나는 영국의 윈스턴 처칠 수상을 꼽는다. 그 역시 뛰어난 연설가로 역사에 이름을 남겼고, 특히 논리적 글쓰기의 모범을 보였다. 글쓰기에 뛰어난 처칠의 연설은 일정한 구조를 따르고 있는데 그 구조를 PREP이라 부른다. PREP은 Point-Reason-Example-Point의 앞 글자를 딴 것이다.

P(Point) **결론, 주장**

R(Reason) **이유**

E(Example) **근거, 사례**

P(Point) **요약, 강조**

처칠이 애용한 PREP 구조는 현대 글쓰기의 근간을 이루고 있다. 하버드나 시카고대학의 글쓰기 교육 방법도 이 구조를 핵심으로 삼고 있다. PREP 구조를 설명하기 전에 먼저 이 형식으로 쓴 예문을 살펴보자.

> *P* **나는 김치가 좋아요.**
>
> *R* **어떤 요리를 해도 맛있잖아요.**
>
> *E* **전(부침개), 찌개, 볶음밥 다 맛있어요.**
>
> *P* **그래서 김치가 최고예요.**

위 예시를 보면 PREP의 장점이 명확하게 눈에 띈다. 우선 주장(P)을 맨 앞에 두어 핵심이 명확하다. 연역법에서처럼 이유(R)를 제시하니 논리적이고, 귀납법에서처럼 근거(E)까지 나열하니 구체적이고 믿음이 간다. 정리하면 주장을 앞뒤로 세워 강조하고, 이유와 근거를 들어 증명하는 방식이다.

이 방식을 비즈니스에 적용해보자. 회사에서 회의를 하다 보면 R과 E를 제시하지 않고 목소리만 높이는 경우가 종종 있다.

일반적인 주장

저는 이 안건에 반대합니다. 하나 마나 이건 실패할 겁니다. 제 경력으로 보장합니다.

PREP으로 바꾼 예

P 저는 이 안건을 다시 생각해야 한다고 봅니다.

R 위험 부담이 크기 때문입니다.

E A 회사와 B 업체도 같은 방법을 썼지만 실패했습니다.

P 실시하려면 사전에 충분한 검토가 필요합니다.

어떤가? PREP 형식으로 주장하면 논리정연해 보이고 신뢰가 가지 않는가? 단순해 보여도 PREP은 탄탄하다. 지금까지 인류가 사용해온 두 논증 방법, 연역법과 귀납법을 모두 사용하기 때문이다.

PREP 구조를 단계별로 살펴보고 말하기와 글쓰기에 응용하는 연습까지 해보자.

먼저 앞의 P(Point)다.

두괄식, 미괄식이라는 말을 들어보았을 것이다. 두괄식은 글의 처음에 중심 내용이 나오는 구성 방식이다. 비즈니스 문서는 대부분 두괄식으로 작성한다. 주장(P)을 앞에 두는 이유는 비즈니스 사회가 바쁘게 돌아가기 때문이다. 특히 윗사람일수록 바쁘다. 그러니 결론부터 이야기해야 한다. 회사 생활을 오래 해서 어느 정도 이야기하면 알아듣는다. 만약 더 궁금하면 질문할 테니 그때 이유와 근거를 말하면 된다.

결론부터 말해야 할 이유는 또 있다. 결론은 앞으로 전개될 이야기의 방향을 제시하는 역할을 한다. 따라서 듣는 사람도 이를 중심으로 이야기를 듣게 된다. 반면 결론부터 말하지 않으면 말하는 사람 자신부터 횡설수설하기 쉽다. 이야기를 펼쳐나갈 기준이 없기 때문이다. 윗사람에게 보고할 때 "도대체 요점이 뭔가"라고 통박을 듣는 사람은 대부분 결론부터 말하지 않아 횡설수설하는 소리로 들려서다.

우리는 일반적으로 조사한 순서대로 보고하는데 그러면 상대방은 이해하기 어렵다. 경험을 같이하지 않았기 때문이다. '지식의 저주'라는 말이 있다. 내가 알면 남도 알 것이라는 고정 관념이 바로 지식의 저주다. 이 저주를 피하려면 다른 사람에게 이야기하거나 보고할 때 '이렇게 말하면 이해할까' 하고 상대편 입장에서 생각해보는 습관을 길러야 한다. 특히 글은 반드시 상대방 입장에서 생각해보고 정리해야 한다. 마주 보고 대화할 때는 질문할 수 있지만 혼자 읽는 글은 그럴 수 없으니 예상 질문까지 염두에 두고 작성해야 한다.

결론부터 말하지 못하는 이유는 모든 게 다 중요하다고 착각하거나 자신도 정리되지 않았기 때문이다. 장편소설 같은 긴 분량의 글을 쓸 때도 주제가 일관되어야 독자가 이해하기 쉽고 쓰는 사람도 헷갈리지 않는다. 아마추어일수록 그때그때 떠오르는 대로 쓰기 때문에 산만해지기 쉽고, 무슨 소리인지 독자가 이해하지 못하는 글이 된다. 이런 문제를 피하려면 초고를 쓴 다음 내가 주장하려는 바를 한 문장으로 정리해본다. 그런 다음 퇴고하면서 주제에서 벗어났거나 일관성을 방해하는 내용을 없애야 한다. 그래야 흐름이 단순하고 명확해진다.

장편소설이 이럴진대 소통을 목적으로 하는 비즈니스 문서는 더 말할 나위 없다. 주장, 결론을 정리하고 이와 관련 없는 내용은 과감히 삭제하라. 그래야 읽기 쉽고 이해하기 쉬운 글이 된다.

관행이라고 생각해서, 또는 자신감이 없어서 요점부터 제시하지 못하는 사람도 있다. '제가 많이 모자라고 부족하지만' '사람마다 다르기 때문에 다양한 의견이 있겠지만' 같은 말은 프레젠테이션할 때도, 글로 쓸 때도 하지 말아야한다. 사족일뿐더러 주장을 약화시킨다.

처음 연습할 때는 요점을 이끄는 아래 문장으로 보고를 시작하라. 글에서는 '저는'을 생략하고 문어체로 바꾸면 된다.

– 저는 ~에 (찬성/반대)입니다.

– 저는 ~을 권해드립니다.

– 결론부터 말씀드리면 ~입니다.

– 가장 중요한 것은 ~입니다.

– 가장 먼저 ~을 해야 합니다.

R(Reason)은 논리와 논리를 이어주는 역할을 한다.

지금도 '논리'를 말하면 우리는 연역법을 떠올린다. 다시 말해 논리적인 글은 이유를 제시한다.

주장 **소크라테스는 죽는다.**

이유 **왜냐하면 사람이기 때문이다.**

이렇게 이유를 대야 진위를 판단할 수 있는 글이 된다. 앞에서 설명했듯 이유는 '사람은 죽는다'처럼 우리가 공통으로 인정하는 상식(전제)과 연결돼야 한다. 그래야 옳고 그름을 판단할 수 있기 때문이다.

특히 칼럼 같은 글은 반드시 이유를 제시해야 글쓴이가 왜 이런 주장을 하는지 이해할 수 있다. 앞에 소개한 예문에서 이유(R)를 빼고 문장을 읽어보자.

P 나는 김치가 좋아요.

E 전(부침개), 찌개, 볶음밥 다 맛있어요.

　이렇게 이유를 쓰지 않으면 글쓴이가 왜 이런 주장을 하는지 추측해야 한다. '어떤 요리를 해도 맛있어서인지' 아니면 '여러 요리를 할 수 있어서인지' 등. 만약 복잡한 데이터나 그래프를 근거(E)로 드는 글이라면 이런 혼란은 더 심해진다. 어느 부분에 초점을 맞춰보고 이해해야 할지 헷갈리기 때문이다.

　이렇듯 이유는 주장과 근거 사이에서 둘을 이어주는 중개 역할을 하는 동시에 전체 논리 구조를 알려준다. 근거의 어느 부분에 초점을 맞춰야 할지 안내하고, 거꾸로 이유를 뒷받침하는 근거를 제시하도록 통제하는 역할도 한다. 근거를 많이 나열한다고 좋은 글이 되지 않는다. 주장, 이유와 관련 없는 근거는 오히려 글을 어지럽히고 이해를 방해한다.

　이유를 제시하는 문장은 아래와 같다.

– 왜냐면 ~이기 때문입니다.

– 그것은 ~이기 때문입니다.

– 그 이유는 ~입니다.

– 원인은 ~ 때문입니다.

　마지막 예문에서는 '이유' 대신 '원인'이라는 단어를 썼는데 과학처럼 인과론을 따르는 글에서는 같은 의미로 쓰기 때문이다.

E(Example)에서는 객관적인 근거, 사례를 들어야 한다.

　주장(P)과 이유(R)는 글쓴이의 생각에서 나온다. 하지만 근거(E)는 외부에서 가져와야 한다. 이유만 읽고 글쓴이의 생각에 동의하는 사람은 적다. 대부분 객관적인 자료를 더 요구하고 이런 자료를 제시해야 신뢰할 수 있는 글이라는 평가를 받는다. 이렇게 제삼자의 입장에서 보고 확인할 수 있는 구체적인 자료를 근거(E)라고 한다. 객관적인 자료라 글쓴이와 생각이 다른 사람에게도 인정받기 쉽다.

　설득력 높은 근거로는 다음과 같은 것들이 있다.

독자들이 사실이라고 받아들이는 내용이다. 예를 들어 '1+2=3'이나 '대한민국의 수도는 서울이다' 같은 근거는 자료를 제시할 필요도 없다. 간단한 예를 들었지만 '일본의 진주만 습격' '아인슈타인의 상대성 이론'처럼 역사적, 과학적으로 정설로 인정받은 내용도 여기에 포함된다.

다음이 데이터다. 사실들의 묶음을 데이터라 부른다. 보통 글에서는 표나 그래프로 나타내고 비즈니스에서 흔히 제시하는 근거이기도 하다. 데이터에 통계적 방법을 접목해 좀 더 고도화된 검증 결과를 내놓기도 한다. 예를 들어 '상품 진열 위치와 판매량은 상관관계가 크다' 같은 통계 결과가 바로 그것이다.

전문가의 의견도 근거가 된다. 하지만 비타민의 효능처럼 전문가 내에서도 이견이 많은 주장은 받아들이기 어렵다. 신문 기사 역시 마찬가지다. 언론사나 기자의 입장에 따라 정반대의 주장이 나오기도 한다. 특히 최근에는 광고성 기사가 범람해 근거로서의 신뢰가 점점 떨어지고 있다.

근거는 가급적 최근의 권위 있고 신뢰할 만한 인물이나 중립적이고 공정한 기관에서 나온 자료를 사용해야 한다.

또 출처에서 멀어질수록 변형되기 쉬우니 원전에 가까운 내용을 근거로 삼는 게 바람직하다.

더불어 독자가 호응하기 쉬운 예시를 드는 게 좋다. 똑같이 '사과의 효능'을 강조하는 글이라도 젊은 여성에게는 피부 미용이나 빈혈에 도움이 된다는 근거를, 어머니에게는 아이의 스트레스 해소와 집중력 강화에 효과가 있다는 근거를 대는 게 효과적이다.

근거를 제시하는 문장은 아래와 같다.

- *(전문가, 권위 있는 기관)의 조사에 의하면*
- *(학술지) 발표에 따르면*
- *설문조사 결과*
- *구체적으로 말씀드리면*
- *이것은 누구의 경우입니다만*

개인의 경험을 다룬 에피소드는 객관적 근거가 되기는 어렵지만 공감이나 감정 이입을 유도할 수 있어 설득력을 높일 수 있다. 이런 경우는 '이것은 누구의 경우입니다만'

'이것은 한 사례입니다만'이라고 조건을 한정 짓고 서술하면 된다.

마지막에 한 번 더 요약(P)해서 강조해야 한다.

주장을 확실하게 각인시키려면 마지막에 한 번 더 강조하라. 심리학에 '최신 효과'라고 불리는 이론이 있다. 독자가 가장 최근에 제시된 정보를 더 잘 기억하는 현상을 말한다. 따라서 주장을 마지막에 한 번 더 강조해야 한다.

이렇게 양괄식 구조로 강조하면 여러 장점이 있다. 긴 글을 읽다 보면 처음 주장한 내용을 잊어버릴 수 있는데 기억을 환기할 수 있다. 반복해 이야기함으로써 중요성도 강조된다.

식상함을 피하려면 앞에 했던 문장과 표현을 달리해야 한다. 앞에서 '나는 김치가 좋아요'라고 했다면 뒤에서는 '그래서 김치가 최고예요' 식으로 달리 쓴다.

전부 다시 나열하지 말고 요약해서 제시하고 자신의 주장이 왜 중요한지 덧붙인다. 불완전하거나 앞으로 더 연구, 추진해야 할 부분이 있으면 이 또한 솔직히 써넣는다. 도입부와 연관해서 끝내는 것도 한 방법이다. 도입부에서 사용했던 에피소드 등의 뒷이야기를 추가하면 여운을 남길 수 있다.

결론을 이끄는 문장은 다음과 같다.

– 결론적으로

– 다시 말씀드리면

– 요약해서 말씀드리면

– 마지막으로 말씀드리고 싶은 것은

속담에 '끝이 좋으면 다 좋다'라는 말이 있고 '화룡점정' 이라는 고사성어도 있다. 끝까지 공을 들인 글은 오랫동안 여운이 남는다.

지금까지 PREP을 단계별로 소개했다. 전체 구조는 간단하다. 앞과 뒤에 주장(P)를 세우고, 중간에 이유(R)와 근거(E)를 배치한다. 이유로 흐름을 이끌고, 객관적 근거와 사례로 신뢰를 높인다. 이유와 근거는 상호 보완적으로 작용한다. 이유는 근거의 어느 부분에 초점을 맞춰야 할지 이끌고, 근거는 이유를 뒷받침해 주장을 강화한다. 건축물에 비유하면 이유는 기둥 역할을 하고, 근거는 그 토대가 된다.

단순해 보이지만 PREP은 논리적 글쓰기의 기본 틀이다. 최근 유행하고 있는 '하버드대 글쓰기'나 '시카고대 글쓰기'에서 제시하는 방법 모두 PREP을 기본 골격으로 약간의 내용을 추가한 정도다. 둘 다 이유(R)와 근거(E)를 함께 쓸 것을 강조한다.

마지막으로, 배운 것을 정리할 겸 예문을 PREP 형식으로 바꿔보자. 예문의 어떤 점을 보완해야 할까?

예문 *이 여행 패키지 상품이 좋습니다. 어르신은 온천욕을 하실 수 있고, 젊은이는 레저 스포츠를 즐길 수 있으며, 아이들을 위한 풀장도 있습니다.*

수정 *이 여행 패키지 상품이 좋습니다. 연령대가 다른 사람들이 다양하게 즐길 수 있기 때문입니다.(R 추가)*

어르신은 온천욕을 하실 수 있고, 젊은이는 레저 스포츠

를 즐길 수 있으며, 아이들을 위한 풀장도 있습니다. 이

상품으로 결정합시다.(P 강조)

04
회사 서류도
기본은 PREP이다

지금까지 PREP을 배웠다. 회사 서류도 이 형식을 따른다. 즉 보고서든 제안서든 모두 PREP을 이용해 쓰면 된다. 간단한 내용은 앞에 설명한 PREP 형식에 따라 정리하면 된다. 하지만 서류마다 분량과 형식이 다르니 거기에 맞춰 응용해야 한다. 예를 들어 하나의 주장(P)에 이유(R)나 근거(E)를 여러 개 들 수도 있다.

먼저 PREP으로 분량이 긴 글 만드는 법을 살펴보자. '회사 매출 감소 원인'을 파악한 보고서를 작성한다고 하

자. 이런 큰 문제의 경우 원인이 하나가 아니라 여러 개 나온다. 그럴 때는 원인 하나하나를 PREP 형식으로 작성한다. 그리고 이 하나하나의 PREP을 병렬로 배치해 전체 주장을 뒷받침한다. 이런 구성을 그림으로 나타내면 작은 prep 서너 개가 블록처럼 아랫단을 이루면서 상위 결론을 받쳐주는 삼각형 모양이 된다. 하위 결론들(p)은 소제목 형식으로 다듬어 표현한다. 아래는 세 개의 소제목으로 상위 결론을 도출한 보고서를 그림으로 나타낸 것이다. 구체적인 예로 '회사 매출 감소 원인' 중 하나로 prep 1에서 '영업사원의 잦은 이직'을 들었다면, 그 이유로 '업계 평균보다 월급이 낮기 때문에', 그리고 근거로 '급여 비교표'를 제시하는 식이다. 이 예 전체가 prep 1을 구성한다.

제안서 역시 보고서와 마찬가지로 작성하면 된다. 다만 제안서 위의 P를 보고서처럼 결론이 아니라 주장으로 바꾼다. 그런 다음 아래 있는 prep을 방법 위주(How to)로 작성한다. 예를 들어 '매출 향상 대책'이라는 제안서를 쓸 때 prep 1의 방법이 '판매 대리점을 유치한다'라면, 이유로 '성과 연동형으로 보상하면 추가 비용이 들지 않는다'를 들고, 근거로 'A, B, C 회사가 이 방법으로 매출을 10퍼센트 향상시켰다'고 제시한다.

이렇게 하위 단계까지 합당한 근거를 찾아 제시하기란 쉽지 않다. 하지만 하위 단계까지 prep 형식을 갖추면 전체를 이유, 근거로 뒷받침한 탄탄한 보고서나 제안서를 쓸 수 있다. 여기서 맨 위 P가 결론인지 주장인지에 따라 보고서, 제안서 등 문서 성격이 결정된다. 그러니 PREP 형식 하나만 제대로 알면 대부분의 회사 문서를 작성할 수 있다.

회사 문서 작성을 좀 더 세밀하게 살펴보자.

먼저 보고서다. 보고서는 어떤 사실이나 업무 내용을 (대부분 상사에게) 보고하는 문서다. 앞에서 이야기했듯 맨 위의 P가 결론이냐 주장이냐에 따라 문서의 성격이 결정되는데 보고서의 P는 결론이다. 대부분 결과를 보고하는 문서이기 때문이다.

정기적으로 작성하는 주간 보고서, 회의 결과 보고서 등은 대부분의 회사에서 형식이 정해져 있다. 그러므로 이런 보고서는 양식에 맞춰 작성하면 된다. 사고 보고서, 경위 보고서, 클레임 처리 보고서 등 사건·사고 발생 시 작성하는 상황 보고서는 신문 기사처럼 육하원칙에 따라 쓴다. 이 또한 앞서 작성한 문서가 있을 테니 참고해서 작성하면 된다. 상사가 특별히 지시한 사항에 대해서는 지시 내용에 초점을 맞춰 보고한다. 따라서 보고서를 작성하기 전에 상사의 의도를 확실히 파악해야 한다. 나아가 보고 받는 사람의 성향도 고려한다. 실행을 중시하는 상사가 있는가 하면 근거를 철저히 따지는 상사도 있다.

형식이 정해지지 않은 보고서는 PREP 형식에 맞춰 쓴다. 예를 들어 예기치 않은 사건이 발생해 조치 결과를 보고할 경우에는 앞에 '사건 개요'를 간단히 쓰고 P(조치 결과)-R(이유)-E(실시 내용) 순서로 정리한다.

특정 사안에 대한 분석 보고서 작성도 마찬가지다. 먼저 철저한 자료 조사, 현장 방문, 인터뷰 등을 통해 정보를 수집한 다음 보고서 작성에 필요한 내용을 취사선택한다. 쓸 때는 앞에 '작성 배경'을 간단히 서술하고 PREP 형식에 맞춰 P(결론)-R(이유)-E(근거) 순서로 정리한다. 원인과 이유가 여러 가지면 앞에서 설명한 대로 하위 prep으로 나눠 작성한다.

다음으로 제안서, 기획서를 살펴보자. 이 역시 형식은 PREP을 따르나 상위 P가 주장이 된다. 문제 해결, 신상품 개발, 신사업 제안 등 모두가 주장이기 때문이다.

간단한 아이디어를 제안할 경우 대개 회사 양식이 정해져 있으니 이에 맞춰 작성하면 된다. 자유 양식이거나 구체적인 형식을 갖춰야 할 경우에는 PREP으로 정리한다. P(제안/주장) - R(이유)를 쓰고 E(근거)를 제시한다. 덧붙여 제안 실시 시 '예상 효과'를 추가한다.

기획서는 제안서보다 복잡한 사안이나 규모가 큰 문제

를 다룬다. 상위 P는 제안서처럼 주장을 담지만 이를 뒷받침하는 하위 prep이 여러 개인 경우가 많다.

기획서는 크게 두 종류로 나뉜다. 먼저 과거에 진행해온 프로세스가 있는데 문제가 발생했거나 이를 개선하고 싶을 때 작성하는 '문제 해결형 기획서'가 있다. 생산 라인의 불량률을 낮추거나 생산성을 높이는 등의 기획서가 여기에 해당한다. 다른 하나는 신제품 개발이나 신사업 등 새로운 업무를 제안하는 '개발형 기획서'다.

'문제 해결형 기획서'의 경우 R은 원인이 된다. 프로세스가 있어 인과론을 따르는 과학적 방법을 적용하기 때문이다. 인과론은 프로세스에서 문제가 발생해 결과에 영향을 미친다는 생각이다. Y(결과)=f(x, 원인들)로 표현하기도 한다. 예를 들어 '불량률이 높다'면 생산 공정 라인을 하나하나 추적해 문제가 발생한 부분을 찾는다. 이때 불량률의 원인이 되는 공정을 개선하면 전체 Y(결과)가 향상된다.

'문제 해결형 기획서'는 PREP 구조를 따라 그대로 작성하면 된다. P에서 '개선 방법'을 제시하고 R은 이유, E는 통계나 데이터 등 근거를 제시한다. 원인이 여러 개면 하위

prep으로 나눠 정리한다. '실행 방법'까지 설명할 필요가 있을 때는 구체적인 해결 방안(How)이나 액션 플랜을 덧붙인다. 기대 효과는 예상되는 성과를 나열하면 되나 대규모 프로젝트라면 현재 모습(as-is)과 미래 모습(to-be)으로 비교 서술해 이해를 돕는다. 조직, 프로세스 등 여러 부분이 바뀌기 때문이다.

'문제 해결형 기획서' 작성 방법은 6시그마의 DMAIC 방법론과 유사하다. DMAIC는 Define(문제 정의)-Measure(현상 파악)-Analyze(원인 분석)-Improve(대책 수립)-Control(관리 유지)의 약어로 6시그마에서는 이 순서대로 문제를 해결한다. 특히 A(원인 분석) 단계에서는 반드시 통계 검증을 거친 근거를 제시한다. 다소 복잡해 보이지만 결국 PREP에 How를 붙인 형태다.

다음으로 '개발형 기획서' 작성법을 살펴보자. 신상품 개발, 마케팅 기획, 신사업 추진 등 새로운 업무를 기획하는 경우가 여기에 해당한다. 기존 프로세스가 없으니 P를 뒷받침하는 R은 '이유'가 된다. 그런데 새로운 일이라 데이터나 근거가 없다. 이런 경우 어떻게 해야 할까?

쉬운 방법은 유사 사례를 찾는 것이다. 타사나 해외 사례를 찾아 벤치마킹해서 근거로 제시한다. 유사 사례도 없다면 어떻게 해야 할까? 근거를 만들면 된다. 대표적인 방법이 '디자인 싱킹'이다.

1990년대까지는 6시그마 같은 제조업 중심의 품질 개선 방법론이 대세였지만 2000년대부터는 방향이 바뀌었다. 품질이 평준화된 상태에서 여러 회사 제품이 물밀듯 쏟아져 나왔기 때문이다. 전에는 후발 기업도 시장을 가져갈 수 있었지만 이제는 승자 독식 체제가 돼 누가 빨리 시장에 새 제품을 내놓느냐가 관건이 됐다. 이런 상황에서 신제품 개발에 효과적인 방법론인 '디자인 싱킹'이 각광을 받게 됐다.

'디자인 싱킹'의 원조는 IDEO란 디자인 회사다. IDEO의 개발 프로세스는 다음과 같다. 맨 처음 현장에 나가 사람들이 물건을 사용하는 방법을 관찰한다. 회사로 돌아와 관찰한 내용을 공유하고 인류학자, 심리학자 등 여러 사람이 모여 다양한 시각으로 개선할 점을 이야기한다. 이야기가 정리되면 찰흙, 색종이, 테이프 등 간단한 재료로 모형을 만드는데 이를 프로토타입이라 한다. 이 모형 제품을 이리저리 변형시켜가면서 개선 방법을 논의한다. 의견이 정리되면 테스트 제품을 만들어 고객이 사용해보게 하고 다시 의견을 들어 개선하는 과정을 반복한다.

스타트업 방법론인 '린 스타트업'도 비슷한 방법이다. 시장에 완제품을 내놓기 전에 시제품을 만들어 반응을 살펴본다. 이 시제품을 MVP(Minimum Viable Product)라 하는데 '최소 기능만 가진 제품'이란 뜻이다. 이 시제품에 대한 고객 반응을 보고 최적안을 정한다. 근거가 없을 때는 위의 예처럼 시장 관찰, 테스트를 통해 마련하면 된다. 고객의 실제 반응에서 나온 근거라 신뢰도도 높다.

이렇게 근거를 제시해도 여러 이유로 추진을 망설이는 경우가 있다. 이럴 때는 관계자 투표를 통해 결정하는 것도 한 방법이다. 투표 시 주의해야 할 점이 있다. 평가 기준을 제대로 만들어야 한다. 우리가 왜 이 제품을 만들려고 하는지, 왜 이 사업을 시작하려 하는지, 매출 때문인지 아니면 브랜드 이미지를 높이기 위해서인지…. 이렇게 기준을 논의하는 과정에서 생각이 정리되어야 더욱 신중하게

모든 글쓰기

투표할 수 있다. 좋은 점은 논의에 참여한 직원들이 왜 이런 결정이 나왔는지 알기 때문에 의사 결정 후 추진력이 높아진다.

여기까지 진행했으면 근거가 마련되었으니 PREP 형식으로 정리해 기획서를 작성한다.

지금까지 보고서와 제안서, 프로젝트 성격의 '문제 해결형 기획서'와 '개발형 기획서'를 살펴보았다. 대부분의 회사 문서도 P의 성격만 다를 뿐 PREP 구조를 따른다. 6시그마 등 혁신 방법론과 마찬가지로 회사 글쓰기도 학문에서 가져왔기 때문이다. 칼럼, 논문 등 논증 글은 모두 PREP 형식을 응용하면 된다.

구
성

사람에게 익숙한 그룹으로 묶는 방법은 앞에서 이야기한 '시간, 공간' 외에 하나가 더 있다. 주제(P)와 관련해 '중요한 것' 위주로 묶는 것이다. 어떤 방법을 택하든 일곱 개 이내, 가급적 세 개로 구성하는 게 좋다. 모두 중요하다고 100가지를 나열하면 읽는 사람은 어디에 초점을 맞춰야 할지 알 수 없다.

05
글쓰기의 시작은
자료 정리다

시골에서 밤하늘을 보면 별이 쏟아질 듯하다. 검은 하늘에서 보석처럼 반짝인다. 얼핏 별은 다 비슷해 보이지만 다르다. 인간은 그런 별들을 연구해 천문학이라는 학문으로 발전시켰다.

어떻게 그런 연구, 발전이 가능했을까?

모든 지적 탐구가 그렇듯 이름 붙이기로 시작했다. '북극성'이라고 이름 붙인 별은 뱃사람들의 밤길을 인도하는 별이 되었다. 별들을 모아 '북두칠성' '견우와 직녀' '오리온'처럼 무리로 이름을 붙이기도 했다. 별 하나보다 별자리가 더 잘 보이고 기억하기도 쉽기 때문이다.

독일의 철학자 임마누엘 칸트에 의하면 인식의 기초는 시간과 공간이다. 이름을 붙인 다음 계절에 따라, 위치에 따라 별자리를 나누었다. 밤하늘 오리온자리를 보며 겨울이 왔음을 알았고 신화 속 장군의 모습을 떠올렸다.

자료는 흩뿌려져 있는 별과 같다. 새로운 글을 쓸 때 우리는 주제와 관련된 자료를 모으기 시작한다. 그런 다음 별을 모아 별자리를 만들 듯 연관성 있는 자료들을 함께 배치한다. 그리고 묶은 자료들의 공통점을 찾아 별자리처럼 제목을 붙인다.

이렇게 자료 E(근거, 사례)를 먼저 조사한 다음 R과 P를 떠올린다. 즉 정리는 P-R-E-P 순이지만 조사는 역순으로 진행한다. 따라서 E를 잘 묶어야(Grouping) 이후의 정리, 결론 도출이 순탄해지고 읽는 사람도 이해하기 쉬운 글이 된다.

왜 묶어서 제시해야 독자가 이해하기 쉬운 글이 될까?

간단한 실험을 해보자. 30초 시한을 두고 아래 표에 있는 내용을 암기해보라. 처음에는 세로 방향으로, 다음에는 가로 방향으로 암기한다.

파	양파	배추	오이
바이올린	피아노	비올라	첼로
미국	영국	일본	중국
개	고양이	앵무새	곰

세로, 가로 어느 쪽이 암기하기 쉬운가? 바로 가로 방향이다. 이유는 채소, 악기, 나라, 동물 등 상위 개념으로 묶어 암기할 수 있기 때문이다. 이처럼 공통점을 포괄하는 상위 개념으로 정리해야 이해하기 쉬운 글이 된다. 조사한 내용 열여섯 개를 그대로 나열하면 이해하기 어렵고 혼란스러운 글이 된다.

연구 결과 사람은 일곱 개가 넘어가면 쉽게 암기하지 못한다. 일곱 개 이내로 제시해야 앞에 읽은 것을 잊지 않고 따라올 수 있다. 위의 표에서처럼 대상이 많아도 상위 개념으로 묶으면 네 개가 되기 때문에 암기하기 쉽다. 그런 다음 각각의 상위 개념마다 또 네 개씩만 암기하면 된다.

이처럼 상위 개념으로 묶고 공통된 내용, 대상을 그 아래 배치해야 체계적인 글이 된다. 회사에서 많이 사용하는 '로직트리'가 바로 이를 돕는 도구다.

상위 개념을 4~5개로 만들어도 좋으나 내 생각에 가장 암기하기 쉬운 그룹의 수는 3이다. 사람은 가위바위보처럼 3을 선호한다. 만약 손가락 개수대로 게임을 만들었다면 손가락 다섯 개에 주먹을 하나 더 넣어 여섯 개로 했을 것이다. 하지만 여섯 개는 많고 복잡한 느낌이 든다. TV에서 심리 테스트를 한 내용이 있다. 한두 명이 하늘을 보고 있으면 사람들이 따라 하지 않는데 세 명이 동시에 하늘을 올려다보면 따라 한다. 이처럼 3은 사람들이 신뢰하는 마력의 숫자다. 그러니 가능하면 세 개로 정리하자. 나머지는 하위 단계로 내리고, 하위 단계가 많으면 그 아래 단계를 또 만들면 된다.

주의할 점이 있다. 각 단계는 등급이 같고 논리적 연관성이 있어야 한다. 예를 들어 영업부, 생산부라면 그 옆에 부서가 있어야지 디자이너 같은 직책을 넣으면 안 된다. 다시 말해 개발부를 만들고 그 아래 디자이너를 배치해야 한다.

사람에게 익숙한 그룹으로 묶는 방법은 앞에서 이야기한 '시간, 공간' 외에 하나가 더 있다. 주제(P)와 관련해 '중요한 것' 위주로 묶는 것이다. 어떤 방법을 택하든 일곱 개이내, 가급적 세 개로 구성하는 게 좋다. 모두 중요하다고 100가지를 나열하면 읽는 사람은 어디에 초점을 맞춰야 할지 알 수 없다.

사람의 인식 구조에 익숙한 방법 세 가지를 하나씩 살펴보자.

'시간'으로 묶기

시간순은 사람이 가장 선호하는 방법이다. 고대 역사서를 보면 대부분 시간순으로 정리했다. 소설도 마찬가지다. 현대에 들어 타임슬립 등 시간을 역행하는 장르가 등장했지만 고전은 대부분 시간 흐름을 따라 이야기가 전개된다. 소설 쓰기도 회사 글쓰기와 별반 다르지 않다. 목표가 있고, 주인공이 어떤 행동을 하는 이유(R)가 있어야 한다. 다만 제시하는 주요 근거(E)가 작가 개인의 관찰(묘사), 에피소드(일화), 상상인 점이 다를 뿐이다.

과학도 시간을 따른다. 과학의 기초가 되는 인과론은 과거에 발생한 원인에 의해 현재의 결과가 나타난다는 생각 방식이다. 이런 이유로 과학 연구 방법론을 응용한 비즈니스 혁신 방법론은 '문제 해결형'이 많다. 과거에 발생한 원인을 밝혀 현재의 문제를 개선하기 때문이다.

대표적인 예가 6시그마에서 사용하는 '프로세스 맵'이다. 프로세스 맵은 시간 흐름에 따라 진행 단계를 나눠 업무를 기술하는 표다. 즉 각각의 프로세스 단계를 상위 개념으로 삼아 하위 업무를 채워 넣는 방식이다. 그리고 이 하위 업무를 하나씩 조사해 문제 원인을 밝혀나간다. 개선해야 할 원인이 많은 경우에는 '중요도'에 따라 개선 순서를 정한다.

신제품 개발이나 신사업 진출 등 프로세스가 없을 때는 상상을 통해 가상의 프로세스를 만들어 정리한다. 처음으로 하이패스 시스템을 만든다고 가정해보자. 차가 지나는 짧은 순간이지만 시간을 세 단계로 나눠 생각할 수 있다. 톨게이트를 중심으로 사전, 사후 예상되는 일을 서술하고 조치 방법을 고안한다. 하이패스를 지나기 전에는 차량과 통신하고 인식할 수 있는 장비를 설치해야 차에 따라 비용을 달리 안내할 수 있다. 지난 후에는 위반 차량 촬영 장치, 차단기 등을 마련해야 한다. 이렇듯 시간을 따라 프로세스를 상상해 단계별로 정리하면 시행착오를 줄일 수 있다. 회사 문서나 툴은 대부분 시간 순서를 따른다. 기존 프로세스가 있어 과거에서 현재로 진행하면 '문제 해결형 기획서'가 되고, 현재에서 미래로 진행하면 '개발형 기획서'가 되는 차이뿐이다.

'공간'으로 묶기

전 세계 196개 국가를 빠뜨리지 않고 배치하려면 어떻게 정리해야 할까? 답은 육대주를 따라 배치하는 것이다. 먼저 육대주에 배치하고 남아있는 섬나라를 추가하면 된다. 육대주가 상위 개념인 셈이다. 그런 다음 대륙별로 남미, 북미처럼 하위 개념을 만들어가면 된다.

회사 업무의 기준이 되는 조직 역시 공간의 개념을 갖고 있다. 인사팀, 총무팀 등의 부서는 역할을 우선하지만 이 또한 일정한 영역을 갖고 있다는 점에서 공간적이다. 특히 영업부나 서비스 부서는 영남본부, 호남본부처럼 담당 지역에 따라 나누니 공간 분할이다.

'가전사업부, 휴대폰사업부'처럼 특정한 상품을 중심으로 조직을 나누거나 '여성복개발부, 남성복개발부'처럼 고객을 중심으로 나누기도 한다. 이는 엄밀하게 공간은 아니지만 대상을 분할해가는 방식은 같다.

회사 대부분은 조직도가 갖춰져 있고 부서마다 해야 할 업무가 정해져 있다. 그러므로 보고서는 조직도 단위로 나눠 작성하는 것이 일반적이다. 다만 새로운 걸 기획할 때는 제품, 고객으로 나눠보는 것도 좋은 방법이다. 여기에 유통 채널, 시장 규모, 매출 규모 등 하위 개념을 추가해 기획한다. 예를 들어 A 제품을 유통 채널에 따라 온라인, 대리점, 직판으로 나눠 매출 추이를 살펴보고 의견을 정리하는 방식이다.

러시아는 벌목을 많이 한다. 자른 나무를 빼돌리지 못하도록 검문소에서 트럭에 실은 목재 개수와 지름을 측정한 후 보내는데 이 때문에 차량 정체가 심했다. 그런데 한

천재가 간단한 방법으로 이 문제를 해결했다. 트럭마다 옆에 긴 자를 달게 하고 사진만 찍어 통과시킨 것이다. 나중에 사진을 인화해 개수와 규격을 조사하면 된다. 이처럼 사진이나 지도를 응용하면 공간으로 나누는 일이 쉬워진다. 엄밀히 말해 사진이나 지도는 실재가 아니다. 실재를 모사한 종이다. 이처럼 대부분의 근거(E) 역시 실재가 아니다. 글이나 숫자, 도표로 실재를 정리한 자료다.

조직도 외에 회사에는 설계도, 리플릿처럼 도면이나 사진 자료가 많다. 이러한 자료를 기준으로 정리하면 이해하기 쉬운 문서를 작성할 수 있다. 회사 사람들에게 익숙한 구조이기 때문이다.

'중요도'로 묶기

시간, 공간으로 묶을 수 없는 내용은 중요도에 따라 묶는다. 중요 그룹에 포함되지 않는 것은 버리거나 기타 사항으로 뭉뚱그려 가볍게 언급한다. 그러면 어떤 내용이 중요 그룹에 해당할까? 주장(P)과 논리적 연관성이 깊고 이를 뒷받침하는 근거들이다.

공통점을 가진 근거들로 묶은 다음 이를 포괄하는 내용을 소제목으로 정리해 붙인다. 공통점을 찾기 어려우면 귀납법에서 설명한 대로 각각의 내용(문장)을 주부와 술부로 나눠보라. 그런 다음 주부에 해당하는 단어들과 술부에 해당하는 단어들의 공통점을 찾으면 된다. 예를 들어 설문조사 내용을 보고서로 작성한다고 생각해보자. 5점 척도 등을 사용하는 객관식은 수량화가 가능해 정리가 어렵지 않다. 문제는 주관식 답변이다. 이런 경우 먼저 주관식 답변들을 주부와 술부로 나눠 공통된 단어를 찾는다. 만약 '대출, 담보, 상환, 이자' 같은 단어가 많으면 대출 분야에 관한 의견이 많고 중요도도 높음을 알 수 있다. 따라서 '대출 업무'에 관한 그룹을 만들어야 한다. 그리고 술부를 묶은 내용에서는 문제점을 발굴할 수 있다. 예를 들어 '(처리가) 느리다, (이자율이) 높다, 불친절하다' 등의 내용이 많다면 무엇이 문제고 어떤 점을 개선해야 할지 알 수 있다. 설문조사 외에도 대부분의 조사 내용(E)은 문장으로 표현되니 이 방법을 활용할 수 있다.

기존에 나와 있는 3C, 4M 등과 같은 틀을 활용하

면 체계적으로 자료를 조사할 수 있고 정리하기도 쉽다. 3C 분석을 예로 들어보겠다. 3C는 고객(Customer), 자사(Company), 경쟁사(Competitor) 세 그룹의 정보를 통해 사업 현황을 분석하는 틀이다. 따라서 '매출 하락 원인' 등을 분석해 보고할 때는 이 틀에 맞춰 자료를 조사하면 쉽게 작성할 수 있다. 3C에 해당하지 않는 내용은 중요도가 떨어지는 것이니 제외하거나 기타 사항으로 묶는다.

'생산성 저하' 등 내부적인 문제는 4M을 사용한다. 4M은 인력(Man), 기계(Machine), 자재(Material), 작업 방법(Method)의 약어다. 활용 방법은 3C와 같다. 이렇듯 주제(P)와 연관된 틀을 찾아 그 구분법에 따라 조사하면 내용을 쉽게 정리(Grouping)할 수 있다.

아래는 3C를 활용해 정리한 예시다.

[영업부 조사 내용]

● 현재 시장 규모가 매년 5퍼센트씩 축소되고 있음

● 이후 연간 10퍼센트 정도로 마이너스 성장이 예상됨

● 최근 불량률이 10퍼센트 증가함

- 상위 2사가 압도적으로 시장을 점유하고 있음

- 상위 2사와 단위당 5퍼센트 물류비용이 많이 듦

- 상위 2사와 단위당 10퍼센트의 조달 비용이 많이 듦

- 상위 2사와 단위당 15퍼센트의 생산 비용이 많이 듦

- 주요 고객인 A 회사가 가격 할인과 AS를 요구하고 있음

- 영업 사원 이직률이 높아 현재 인력은 10명에 불과함

[3C로 정리한 표]

고객	• 현재 시장 규모가 매년 5퍼센트씩 축소되고 있음 • 이후 연간 10퍼센트 정도로 마이너스 성장이 예상됨 • 주요 고객인 A 회사가 가격 할인과 AS를 요구하고 있음
경쟁사	• 상위 2사가 압도적으로 시장을 점유하고 있음 • 상위 2사와 단위당 5퍼센트 물류비용이 많이 듦 • 상위 2사와 단위당 10퍼센트의 조달 비용이 많이 듦 • 상위 2사와 단위당 15퍼센트의 생산 비용이 많이 듦
자사	• 최근 불량률이 10퍼센트 증가 • 영업 사원 이직률이 높아 현재 인력은 10명에 불과함

모든 글쓰기

06
도구를 활용하면
쉽게 정리할 수 있다

친구가 책방을 개업해 책을 살 겸 찾아갔다. 사람이 많이 오가는 대로변에 있는 큰 서점이었다. 그런데도 손님이 없었고 몇 명이 들어와 잠깐 둘러보다 나갔다. 친구와 나는 떨어지는 독서율, 악화된 출판 시장 등을 말하며 안타까움을 나눴다. 그리고 서점을 둘러보았다. 글쓰기 관련 책을 찾는데 눈에 띄지 않았다.

"글쓰기 책은 어디에 있니?"

"글쓰기 책? 잠깐만…."

컴퓨터로 검색해보니 글쓰기 책은 '문학 일반' '에세이'

'소설' 칸에 흩어져 있었다. 제목을 모르면 온 서점을 뒤지고 다녀야 할 판이었다. 인쇄해준 종이를 보며 겨우 두 권을 찾아냈다. 다음으로 요새 취미로 배우기 시작한 수영책을 찾았다. '스포츠'라고 쓴 책장에 꽂힌 책을 다 훑어봤지만 수영책은 한 권밖에 없었다.

"수영에 관한 책은 이것밖에 없니?"

"더 있을 텐데. 잠깐만…."

수영에 관한 책이 '취미' 칸에도 꽂혀 있었다. 친구와 함께 취미 칸으로 가서 책을 훑어보다가 이상해서 물었다.

"왜 낚시와 등산 관련한 책이 없어?"

컴퓨터로 검색해도 나오지 않았다.

"너, 도대체 책을 어떤 기준으로 배치한 거니? 이렇게 책을 막 꽂아두면 사람들이 어떻게 찾아?"

손님들이 왔다 그냥 간 이유가 있었다.

자료 배치의 원칙은 MECE다. MECE는 Mutually Exclusive & Collectively Exhaustive의 약어로 '중복되지 않고 빠뜨리지 않게' 배치하라는 뜻이다. 이 원칙을 기준으로 위 사례에서 잘못된 점을 찾아보면 분류 기준인 '취미'와 '스포츠'가 중복되어 있다. 그래서 수영책이 취미 칸과 스포츠 칸에 흩어져 있었다. 취미 칸을 상위 기준으로 두고 하위 기준에 스포츠를 두었다면 이런 혼란은 피할 수 있었을 것이다. 이는 MECE의 '중복되지 않게'라는 원칙을 위배해서 발생한 문제다. 더 심각한 문제는 낚시와 등산 관련 책이 빠져 있다는 점이다. 낚시나 등산 애호가들은 다시는 이 서점을 찾지 않을 것이다. 이는 '빠뜨리지 않아야' 한다는 원칙을 위배한 것이다. 책을 배치할 때 MECE, 즉 '중복되지 않았나, 빠뜨린 책은 없나'만 점검했어도 이런 문제는 피할 수 있었을 것이다. 그러면 글쓰기 책처럼 분류가 애매한 책은 어떻게 해야 할까? 따로 칸(그룹)을 만들어 한 곳에 모으든지 규모가 작다면 '인문 일반' 같은 상위 기준 아래 둬 찾기 쉽게 해야 한다.

글을 쓸 때도 마찬가지다. 비슷한 사례(E)가 이곳에도 있고 저곳에도 있으면 기준이 중첩되거나 불명확하지 않은지 다시 생각해봐야 하고, 어디에도 속하지 않는다면 어떻게 처리할지 결정해 빠뜨리지 않아야 한다. 물론 주제(P)

와 관련 없는 사례라면 삭제한다.

이론은 이렇지만 자료나 사례를 MECE하게 나누는 게 실제 해보면 쉽지 않다. 예를 들어 '성인 여성을 MECE하게 나누려면 어떻게 해야 할까'라는 문제를 냈더니 '독신녀' '주부' '직장 여성'이라고 답하는 사람이 의외로 많았다. 이는 '중복되지 않아야' 한다는 원칙을 위배한 구분이다. 직장 여성 중에는 주부나 독신녀가 있기 때문이다. 또 '전업주부'와 '직장 여성'이라고 답하는 사람도 있었다. 이 또한 문제가 있는 대답이다. '직장에 다니지 않는 미혼 여성'을 빠뜨렸기 때문이다. 이럴 때는 MECE 원칙을 염두에 두고 로직트리를 활용하면 분류하기가 쉽고 착오도 줄일 수 있다.

로직트리는 큰 데서 작은 데로 배열해가는 방식이다. 서양 카드를 생각하면 쉽게 이해할 수 있다. 카드는 색, 모양, 숫자가 다르다. 색은 두 개, 모양은 네 개, 숫자는 열 개이고 킹, 퀸 등이 있다. 가장 먼저 그룹의 수가 적고 덩어리가 큰 색으로 나눠야 보는 사람이 이해하기 쉽다. 색이 가장 크니 먼저 빨간색과 검은색으로 나눈다. 이렇게 나눈 카

모든 글쓰기

드를 다음 크기의 모양에 따라 배치한다. 빨간색 아래는 하트와 다이아몬드가 있으니 또다시 두 그룹으로 나눈다. 검은색 아래에도 역시 스페이드와 클로버가 있다. 그런 다음 각각의 색과 모양 아래 숫자와 킹, 퀸 등을 나열하면 된다. 이렇게 체계를 잡아놓으면 검은색 클로버 7을 어디에 배치해야 할지 쉽게 정할 수 있다.

여기서 염두에 둘 것은 수평적으로 볼 때 각 그룹은 중복되지 않아야 하며, 누락이 없어야 하고, 크기가 비슷해야 한다는 점이다. 즉 수평으로는 MECE해야 한다. 카드 사례를 예로 들면 빨간색과 검은색 외에 다른 색이 없어야 하며, 빠지는 모양과 숫자가 나와서는 안 되고, 각 그룹에 속하는 카드 수가 비슷해야 한다.

정리하면 수직으로는 로직트리로 체계를 잡은 다음 수평으로는 MECE하게 배치했는지 점검한다. 앞에 제시한 그림에 로직트리와 MECE를 추가하면 뒷장과 같다.

일반적인 비즈니스 사례를 로직트리로 정리해보자.

회사에서 추구하는 가장 큰 비즈니스 목표는 무엇인가.

'이익'이다. 이익을 높이려면 매출을 늘리거나 개당 이익을 많이 내면 된다. 따라서 회사 이익 아래 '매출량'과 '개당 이익'을 배치한다. 그런 다음 질문을 이어나간다. 매출량을 늘리려면 어떻게 해야 할까? 회사마다 다르겠지만 일반적으로 '마케팅' '신규 판매' '재구매' 등이 여기에 해당한다. 개당 이익을 높이기 위해서는 '제조 원가 절감' '지원 비용 절감' '회전율'을 들 수 있다. 이런 식으로 하위 단계로 내려가며 분류하면 회사 이익을 높이기 위해 해야 할 일들을 쉽게 정리할 수 있다. 바로 이것이 로직트리의 매력이다.

지금까지 이야기한 내용을 도표로 정리하면 아래와 같다.

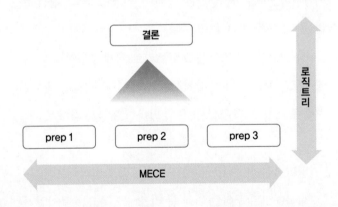

모든 글쓰기

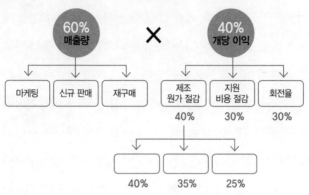

이익 극대화

60% 매출량 × 40% 개당 이익

마케팅 　신규 판매 　재구매 　　제조 원가 절감 　지원 비용 절감 　회전율
　　　　　　　　　　　　　40% 　　30% 　　30%

40% 　　35% 　　25%

　　그림에서처럼 각 단계마다 백분율로 나눠 계층별 중요
도를 표시하면 하위 요소별 중요도도 쉽게 알 수 있다. 예
를 들어 제조 원가 절감은 40퍼센트(개당 이익)×40퍼센트
(제조 원가 절감)이므로 전체 중요도는 16퍼센트다. 이와 같
은 방법으로 중요도를 따져 우선순위를 정하면 된다. 그런
다음 관련 부서별로 해야 할 업무를 배분하면 역할 분담도
끝난다. 이런 식으로 로직트리만 잘 활용해도 KPI, 인사 고
과 체계 등을 쉽게 만들 수 있다.

칼럼 등 자기주장을 펼치는 글도 같은 방식으로 논리 체계를 잡을 수 있다. 예를 들어 맨 위의 '이익 극대화'를 제목으로 삼고, 그 아래 있는 '매출량'과 '개당 이익'을 소제목으로 해서 서술식으로 쓰면 된다.

소제목으로 정리할 때는 하위 그룹이 두 개 이상이어야 한다. 하나라면 굳이 소제목을 붙이지 않고 대제목을 부연 설명하는 용도로 쓴다. 같은 계층의 소제목은 명사형이나 서술형으로 통일한다. 위의 예에서처럼 '1. 마케팅'처럼 명사형으로 썼으면 다음 소제목도 '2. 신규 판매' '3. 재구매'처럼 명사형으로 쓴다. 하지만 가능하면 서술형으로 정리하기를 권한다. 무엇을 주장하는지 구체적으로 드러내기 때문이다. 예를 들어 '1. 마케팅 채널을 늘려야 한다' '2. 신규 판매를 늘리기 위해 이벤트를 해야 한다'처럼 쓴다. 그렇다고 한 줄이 넘어가도록 길게 쓰지 않는다. 핵심 내용을 간단하게 드러낼 정도면 된다. 소제목도 너무 많으면 오히려 혼란을 줄 수 있으니 3~4개로 정리한다.

소제목을 다 쓴 다음에는 전체 주장과 연관성이 있는지 점검한다.

모든 글쓰기

어디까지나 소제목들은 전체 주장을 뒷받침하는 하위 그룹임을 잊지 말아야 한다. 따라서 전체 소제목을 살펴 중복되거나 빠트린 부분이 없는지 MECE 원칙에 따라 점검해야 한다. 중복됐으면 재정리하고 빠트린 부분이 있으면 추가한다. 추가할 부분이 기존 소제목과 연관된 내용이면 그 아래 배치하고, 어디에도 속하지 않는 내용이면 빼거나 새로운 소제목을 만들어 넣는다. 최종적으로 전체 주장과 소제목과의 연관 관계를 살펴 문서의 완성도를 점검한다.

점검 방법은 지금까지와 역순으로 소제목을 종합하여 결론(전체 주장)을 내본다. 맨 앞에 결론을 쓰고 시작했어도 쓰는 동안 결론이 바뀔 수 있다. 이렇게 양방향으로 검토해야 소제목과 논리적으로 연관 관계가 매끄러운 결론을 낼 수 있다.

아래 표는 앞에 3C로 그루핑한 내용이다. '고객' '경쟁사' '자사'를 서술형 소제목으로 바꿔 결론을 정리해보자. 자신의 의견을 덧붙이면 더 좋다.

고객	• 현재 시장 규모가 매년 5퍼센트씩 축소되고 있음 • 이후 연간 10퍼센트 정도로 마이너스 성장이 예상됨 • 주요 고객인 A 회사가 가격 할인과 AS를 요구하고 있음
경쟁사	• 상위 2사가 압도적으로 시장을 점유하고 있음 • 상위 2사와 단위당 5퍼센트 물류비용이 많이 듦 • 상위 2사와 단위당 10퍼센트의 조달 비용이 많이 듦 • 상위 2사와 단위당 15퍼센트의 생산 비용이 많이 듦
자사	• 최근 불량률이 10퍼센트 증가 • 영업 사원 이직률이 높아 현재 인력은 10명에 불과함

07
주제와 제목은
글의 얼굴이다

1년여에 걸쳐 소설을 완성했다. 시를 쓰며 표현을 연습하던 때라 나름 아름다운 문장으로 채운 원고였다. 출판사에 원고를 보내놓고 가슴 설레며 기다렸다. 일주일 후 편집자에게서 만나자는 전화가 왔다.

"소설의 주제가 뭐예요?"

얼굴을 보자마자 편집자가 물었다.

주제? 수도 없이 들어온 단어지만 갑자기 묻자 뜻이 생각나지 않았다. 300페이지가 넘는 소설인데 무엇부터 말해야 할까 고민하다 소설 줄거리를 이야기했다.

"지금 말씀하시는 건 시놉시스예요. 저는 주제를 듣고 싶어요."

답하기 어려울 때는 질문이 최선이다.

"죄송하지만 주제가… 뭘 말하라는 겁니까?" 되물었다.

"말하려는 게 뭐냐고요."

나는 주제를 설명하지 못했고 원고는 반려됐다. 아름다운 문장으로 채운 원고라도 주제가 없으면 촛농처럼 무너져 내린다. 주제는 글 전체를 지탱하는 뼈대다.

대부분의 글쓰기 책에서 주제를 강조한다. 하지만 주제가 무엇인지 한마디로 설명하기는 어렵다. 사전을 찾아보면 주제는

1. 대화나 연구 따위에서 중심이 되는 문제.
2. 지은이가 나타내고자 하는 기본 사상.
3. 주된 제목으로 써 있다.

정의대로라면 글쓴이가 전하려는 주된 생각으로 제목

에 반영해야 하는 게 주제다. 사전적 정의를 읽어봐도 막연한 느낌이 든다. 그래서 주제와 관련된 사항을 조금 더 넓게 다뤄보겠다.

보통 글을 쓰기 시작할 때 주제를 먼저 생각하지 않는다. 오히려 글을 쓰다가, 혹은 글을 다 쓰고 난 후 주제를 깨닫는 경우가 많다. 이런 경우에는 뒤늦게 퇴고하면서 주제와 무관한 부분을 삭제한다. 주제가 일관되지 않으면 글에 통일성이 생기지 않아 산만한 글이 되기 때문이다. 무슨 이야기를 하는지 알 수 없어 독자 역시 눈을 돌리기 쉽다. 이런 문제를 피하려면 글쓰기 전에 무엇을 전하고 싶은지 주제를 정리할 필요가 있다.

또 다른 이유도 있다. 말과 마찬가지로 글은 의사소통 수단이다. 보이든 보이지 않든 대화 상대가 있다. 책이라면 독자가 대화 상대다. 대화할 때 말하는 사람이 듣는 사람에게 의도하는 바가 있듯 듣는 사람 역시 기대하는 바가 있다. 독자는 책을 통해 이 기대를 충족하려 한다. 컴퓨터 서적을 읽는 사람은 '작동 방법'을 알고 싶어 하고, 로맨스 소설을 읽는 사람은 '감동'을 원한다. 책은 이 기대에 부응해야 한다. 컴퓨터 작동 방법을 알고 싶어 하는 사람에게 문학적 감동을 주려 해서는 안 된다. 그러니 저자가 책을 쓰는 의도와 독자의 기대가 일치하도록 주제를 정하는 게 바람직하다. 독자의 기대와 다르면 외면당하기 때문이다.

일반적으로 저자는 자신이 잘 알고 있는 내용을 주제로 글을 쓴다. 반면 독자는 새로운 정보와 재미를 주는 글을 선호한다. 이 두 가지가 일치하지 않는다면 어느 쪽에 더 비중을 두어야 할까? 대중적인 글쓰기라면 독자가 원하는 바에 초점을 맞춰야 한다. 즉 독자의 관심 사항을 글쓰기의 주제로 삼는 게 낫다.

프랑스 작가 모파상은 독자가 문학에 거는 기대를 여덟 가지로 정리했다.

1. 위로해달라.

2. 즐겁게 해달라.

3. 슬프게 해달라.

4. 감동하게 해달라.

모든 글쓰기

5. *꿈꾸게 해달라.*

6. *전율시켜달라.*

7. *울게 해달라.*

8. *생각하게 해달라.*

　이처럼 소설에 거는 기대는 감정적인 요구가 많다. 감정적인 경향이 크기 때문에 대중적 소설은 예나 지금이나 주제가 크게 다르지 않다. 「홍길동전」이나 「스타워즈」나 착한 사람이 악한을 물리치고 승리하는 이야기다. 「신데렐라」와 「홍부전」 역시 선한 사람이 시련을 극복하고 행복하게 산다는 내용으로 지금까지도 드라마나 책에서 비슷한 이야기가 반복되고 있다. 예나 지금이나 도덕, 감정은 비슷하기 때문이다.

　이런 경향 때문에 문학적 글쓰기의 주제는 사람들이 원하는 도덕, 감정에 바탕을 두는 경우가 많다. 그리고 이 메시지가 전체 스토리라인을 지배한다. 독자는 선인이 이길까 악인이 이길까를 가슴 졸이며 지켜본다. 이 과정에서 어려움에 부딪힌 주인공이 문제를 극복해가는 과정이 우리가 흔히 접하는 스토리다.

하지만 칼럼이나 비즈니스 글쓰기는 주제가 다르다. 목적이 명확한 글이기 때문이다. 이런 글은 문제의식에서 출발한다. '청년 실업을 해결해야 한다' '영업 성과를 높여야 한다'처럼 문제를 해결하려는 주장의 형식을 띤다. 하지만 독자의 관심을 끌려면 더 깊게 고민해야 한다. 이 정도 주장은 독자도 알고 있고, 할 수 있는 내용이기 때문이다. 이런 문제 제기를 들으면 독자는 의문이 생긴다. '청년 실업을 해결하려면 어떻게 해야 할까?' '영업 성과를 높이려면 어떻게 해야 하지?' 한 걸음 더 깊이 들어가 이런 의문을 해소시켜주는 글이라야 관심을 끌 수 있다. 따라서 '청년 실업을 해결하려면 이렇게 해야 한다' '영업 성과를 높이려면 이렇게 해야 한다'처럼 독자의 의문에 답하는 내용을 주제로 삼아야 한다.

칼럼보다 비즈니스 글은 더 명확해야 한다. 비즈니스 글의 독자는 대부분 상사나 고객으로 명확하게 정해졌기 때문이다. 따라서 상사나 고객의 질문에 대한 대답을 글쓰기의 주제로 삼아야 하고 그들의 의문과 기대에 답하는 형식으로 써야 한다. 예를 들어 상사에게 설명하는 글은 '보고서'로, 고객의 관심을 끌기 위한 글은 '홍보문' 형식으로, 스스로 문제를 발굴해 개선 방법을 주장하는 글은 '제안서' 형식으로 쓴다.

독자가 정해졌을 뿐 주제를 정리하는 방법은 문학적 글쓰기와 같다. 먼저 읽을 사람의 기대와 질문을 생각하고 이를 충족시키는 방향으로 글을 써나간다. 초고를 다 쓴 다음에는 읽을 사람의 질문에 대답이 되는지, 기대를 충족시키는지 검토하면서 퇴고한다.

반면 회사 문서에서는 내가 읽는 사람에게 거는 기대도 있다. 그런 기대 역시 명확히 해야 읽는 사람이 헷갈리지 않는다. 회사 문서에서 읽는 사람에게 바라는 기대 반응은 크게 세 가지다. 첫째로 읽는 사람을 이해시킬 목적으로 작성하는 글이다. 주로 보고서, 공지문 등이 여기에 해당한다. 다음으로 읽는 사람이 행동을 취하게 하려고 쓰는 글이 있다. 제안서, 기획서, 품의서 등이다. 그리고 읽는 사람의 피드백을 구하는 글이 있다. 중간보고 등 문의를 하거나 여러 가지 선택지 중에서 결정을 구하는 글이 여기에 속한다.

요구하는 바가 분명하지 않으면 상사는 '도대체 내게 원하는 게 뭐지?' '참고로 읽어두기만 하면 되나?' '내가 해 줄 일은 없나?' 온갖 의문이 들고 짜증이 나기도 한다. 이런 일을 피하려면 문서 제목에 주제와 더불어 글을 읽는 사람에게 바라는 기대 반응을 넣어야 한다. 예를 들어 'CRM 사용법 안내'에서 '안내'가 기대 반응으로 읽기만 하면 된다는 뜻이다. '교육 참가 신청 방법 문의'에서는 '문의'가, '외주 용역비 요청'에서는 '요청'이 기대 반응이 된다.

회사 문서는 이렇게 쓰면 되지만 칼럼 등 대중적인 글은 제목이 매력적이어야 한다. 사람들의 눈길을 끌어야 하기 때문이다. 특히 판매용 책은 공들여 제목을 지어야 한다. 제목이 판매까지 좌우하기 때문이다. 『칭찬은 고래도 춤추게 한다』가 좋은 예다. 이 책의 원래 제목은 『Whale Done』이다. 'Well Done(잘했다)'을 연상시키는 좋은 제목이지만 한국어로는 맛을 살리기 어려웠다. 고민 끝에 출판사에서는 『You Excellent!』라고 제목을 붙였지만 판매가 신통치 않았다. 그래서 다시 『칭찬은 고래도 춤추게 한다』로 제목을 바꿨다. 그러자 전보다 열 배 이상 팔리며 초대형 베스트셀러가 됐다. 이런 이유로 출판사 편집자나 작가는 많은 사람의 의견을 들어보고 심한 경우 수개월 동안 고심해 제목을 짓는다.

광고나 블로그 등 SNS 글 역시 마찬가지다. 광고는 85퍼센트의 소비자가 제목만 읽는다는 통계가 있다. 때문에 카피라이터는 제목 짓는 데 혼신의 노력을 기울인다. 스마트폰이 대중화되면서 콘텐츠가 범람하는 시대가 되었다. 차별화된 제목으로 주목받지 못하면 눈길 한 번 끌지 못하고 묻히기 쉽다.

이메일도 마찬가지다. 낯선 사람에게서 온 이메일이라면 무엇을 보고 개봉 여부를 결정할까. 바로 제목이다. 이해할 수 없는 제목이나 뻔한 광고 문구라면 클릭조차 하지 않고 삭제한다. 클릭률을 높이기 위해 과장된 제목을 붙이는 경우가 많다. 하지만 본문과 무관한 제목을 지어서는 안 된다. 내용을 읽고 속았다는 생각이 들면 다시는 눈길조차

주지 않을뿐더러 메일 주소 자체를 차단한다.

매력적인 제목을 짓는 방법을 살펴보자.

제목을 잘 지으려면 사전 준비가 필요하다. 먼저 대상이 누구인지 파악해야 한다. 읽을 사람을 알아야 그들이 원하는 글을 쓸 수 있고 걸맞은 제목도 지을 수 있다. 모든 사람을 만족시킬 수 있는 제목은 없고 그럴 필요도 없다. 제품도 마찬가지다. 모든 사람을 만족시킬 수 있는 제품은 없다. 글이든 제품이든 그것을 사용할 특정 계층에 맞춰야 한다.

다음으로 트렌드를 파악하라. 글도 유행을 타기 때문이다. 요즘은 힐링을 비롯해 심리 치유 관련 서적이 대세고, 중년 여성과 싱글족을 대상으로 한 책이 많이 나온다. 한마디로 지금의 독자나 출판사는 이런 책을 선호한다. 하지만 트렌드는 변한다. 한때는 팩션, 타임슬립 부류의 책이 유행했지만 지금은 시들해졌다. 원고 자체를 트렌드에 맞춰 쓸 수 있으면 좋겠지만 적어도 제목만큼은 트렌드에 맞추는 게 좋다. 지금 독자에게 꽂힐 수 있는 구절을 찾아 다듬으면 된다.

셀링포인트 파악 역시 중요하다. '돈 버는 법'과 같은 내용은 지속적으로 많은 사람이 선호하는 주제다. 유튜브만 보더라도 이 주제의 제목은 유행을 타지 않고 끊임없이 각광받는다. 단, 내용이 뒷받침되어야 한다. 일반적으로 많은 사람이 선호하는 제목은 아래와 같다.

1. 이익 제공, 욕구 충족

돈이든, 심리적 만족이든, 호기심 충족이든 사람들이 원하는 것을 얻을 수 있다는 기대감을 주는 제목이 좋다.

2. 대상이 명확한 제목

'마케팅 담당자' '고3 수험생을 둔 엄마' '글을 잘 쓰고 싶은 사람'처럼 구체적인 대상을 명시하면 해당하는 사람들의 관심을 끈다.

3. 콘셉트가 분명한 제목

글로서 제공하려는 콘셉트가 분명하면 해당 주제에 관심

있는 사람들의 주목을 끈다. 콘셉트를 잘 전달하려면 주제를 압축하거나 유사한 것에 빗대 제목을 짓는다. '글쓰기는 마음 근력 키우기'가 한 예다.

4. 흥미를 유발하는 제목

고객이 이미 수차례 접한 듯한 유사 제목은 이목을 끌기 쉽지 않다. 창의성을 발휘해 새로운 느낌을 주어야 하고 흥미와 궁금증을 유발하는 제목을 지어야 한다.

5. 검색어가 포함된 제목

SNS 시대이니 사람들이 많이 찾는 검색 키워드를 제목에 넣으면 노출을 늘릴 수 있다.

독자와 주제, 콘셉트가 정리됐다면 이를 기초로 제목을 짓는다. 고객은 짧은 순간에 판단하기 때문에 쉽고 단순하고 구체적이어야 한다. 몇 가지 예를 보자.

1. 큰 경영하려면 국제 투기 흐름을 꿰뚫어라.

모든 글쓰기

2. 두 가지 법칙 알면 아이폰 못잖은 신제품 나온다.

위 제목 중에서 어느 게 클릭률이 높았을까? 제목 1은 921개에 그쳤지만 제목 2는 1만 6,467회를 기록했다. 왜 이런 차이가 생겼을까? 먼저 제목 1은 관심 대상층이 적은 주제다. 또 한자가 많아 한눈에 들어오지 않는다. 제목 2는 '두 가지 법칙'이라는 말로 내용을 단순화했다. '신제품 개발'이라는 글의 목표도 분명히 제시했기 때문에 사람들의 관심을 끈다.

같은 내용의 기사라도 제목에 따라 클릭률 차이가 크다. 예를 들어 '원하는 결과를 만들어내는 변화의 스위치를 켜라'는 제목으로 기사를 냈더니 반응이 신통치 않았다. 이를 '복지부동인 부하를 바꾸고 싶다면 이렇게 하라'로 바꿨더니 클릭률이 수십 배 늘었다. 쉽고 구체적인 제목이기 때문이다. 또 '성공적인 변화의 공통분모는?'이라는 제목을 '성공적인 변화를 이끄는 공통 법칙 세 가지'로 바꿨더니 클릭률이 늘었다. 세 가지만 알면 된다고 하니 단순하고 쉬운 느낌이 들기 때문이다.

구체화, 단순화와 더불어 감성적으로도 끌리고 운율까지 살린 제목이라면 더 좋다. 트럼프 대통령이 판문점에서 김정은 위원장을 만났을 때 기사 제목이 '분단의 선 넘어 평화의 손잡다'였다. 선과 손으로 떠오르는 이미지가 구체적이고 운율도 잘 살린 좋은 제목이다.

위에서 제시한 조건에 모두 맞는 제목을 짓기는 어렵다. 다만 이런 규칙을 따르려 노력하고 다듬으면 비교적 나은 제목을 지을 수 있다. 제목을 여러 개 뽑아 의견을 수렴해 선택하는 것도 한 방법이다.

마지막으로 유의할 점은 비즈니스 문서와 신문 기사, 책 제목은 다르다. 매체의 특성을 파악해 어울리는 제목을 지어야 한다. 현학적이거나 자기만족에 겨워 멋 부린 제목은 금물이다. 독자 입장에서 이해하기 쉽고 구체적인 느낌이 들도록 지어야 한다.

08
첫 단락부터
흥미를 일으켜야 한다

　첫인상은 중요하다. 사람은 3초라는 짧은 시간에 호감 또는 비호감으로 처음 만난 사람에 대한 이미지를 판단한다. 다시 말해 3초 정도면 첫인상이 결정된다. 일주일 동안 고심해 가꾸고 나간 미팅이 3초 만에 끝날 수도 있다. 그렇게 처음에 심어진 안 좋은 이미지를 바꾸려면 첫인상보다 200배 이상 강렬한 인상을 주어야 한다. 글 역시 마찬가지다. 첫 줄이 중요하다. 김훈 작가가 『칼의 노래』 첫 줄을 '버려진 섬마다 꽃이 피었다'로 할지 '버려진 섬마다 꽃은 피었다'로 할지 한 달여를 고민해 결정했다는 일화는 유명하다.

심리학에 '초두 효과(Primacy Effect)'라는 말이 있다. 처음 본 순간 느끼는 첫인상이 사람이나 대상에 대한 기대를 형성하는 데 결정적인 역할을 한다는 이론이다. 글도 마찬가지다. 독자는 첫 문장, 첫 단락을 읽은 후 다음 장을 계속 읽을지 결정한다. 그 때문에 첫 줄, 첫 단락의 가장 중요한 목표는 흥미를 갖게 해 계속 읽게 하는 것이다. 궁금증을 불러일으키거나 독자가 알고 싶어 하는 정보를 줄 것이라는 기대감을 심어줘야 한다. 그렇지 못하면 독자는 아예 읽지 않거나, 건성으로 읽거나, 읽더라도 흠잡을 부분을 찾게 된다. 이런 이유로 책이나 블로그 등 대중적인 글은 첫 문장, 첫 문단을 다른 데보다 몇 배 더 공들여 다듬어야 한다.

대중적인 글에서 첫 부분에 많이 사용하는 기법은 스토리텔링이다. 독자들이 익숙하고 선호하는 형식이기 때문이다. 에피소드, 놀라운 사실, 흥미로운 사례로 시작하는 글이 이에 해당한다. 덧붙여 통계로 뒷받침한 과학적 근거

108

모든 글쓰기

까지 제시하면 효과가 더 크다. 『티핑 포인트』 『블링크』 등 수많은 베스트셀러를 낸 말콤 글래드웰의 책은 대부분 이런 형식으로 시작한다.

구체적으로 예를 들어보겠다.

'마약은 자신을 해칩니다. 하지 맙시다.'

이렇게 주제로 직접 들어가면 뻔한 이야기로 생각해 사람들의 눈길을 끌기 어렵다. 스토리텔링으로 바꿔보자.

'에스키모인들이 늑대를 잡는 법을 아십니까? 에스키모인들은 날카로운 칼에 피를 묻혀 얼린 다음 늑대가 다니는 길에 꽂아 놓습니다. 피 냄새를 맡은 늑대는 칼을 핥다 혀가 잘리지만 얼어서 통증을 느끼지 못합니다. 자기가 흘리는 피인 줄 모르고 피를 핥던 늑대는 마침내 그 자리에 쓰러져 죽습니다. 마약도 이와 같습니다. 느끼지 못하는 사이에 당신을 죽이는 독약입니다. 통계에 의하면 마약으로 인한 사망은….'

'에스키모 늑대 사냥' 이야기로 도입부를 시작해 주제와 연결해보았다. 관심을 끌 만한 이야기이고 주제와 연관성이 있어 의미 전달에도 도움이 된다. 이처럼 인터넷이나 책에서 마음을 움직이는 사례를 정리해두었다가 어울리는 주제에 접목해 사용하면 큰 효과를 볼 수 있다.

군이 남이 지은 이야기가 아니라 자신이 직접 겪은 이야기를 소개해도 된다. 개인적인 이야기는 독자의 공감과 친밀감을 얻을 수 있다.

'겨울이었습니다. 눈보라가 치는 날씨에 성수대교를 지나는데 난간에 올라가 차가운 강물을 내려다보는 남자가 보였습니다. 무서운 마음에 지나치려다 용기를 내 뒤돌아가 말을 걸어보았습니다.'

격언, 속담, 명언, 고사성어 등을 인용하기도 한다. 신문 기사나 칼럼 등 짧은 글에서 많이 사용하는 방법이다.

모든 글쓰기

'연저지인(吮疽之仁)이란 고사성어가 있습니다. 주(周)나라의 오기(吳起)란 장수가 자기 부하의 종기를 빨아서 고쳤다는 뜻으로 장군이 부하를 사랑함을 이르는 말입니다. 리더라면 모름지기 이런 마음을 가져야 할 것입니다만 여기에는 숨겨진 이야기가 있습니다. 이 말을 들은 군사의 어머니가 대성통곡을 합니다. 왜 우셨을까요?'

하지만 인터넷이 발달하고 정보를 얻기가 쉬워지면서 오래된 격언, 속담 등으로는 예전만큼 관심과 흥미를 끌기 어렵다. 식상한 내용일 수 있기 때문이다. 이런 때는 새로운 트렌드나 신조어를 소개하는 게 더 효과적이다.

'「붉은 여왕 가설(The Red Queen Hypothesis)」이란 말이 유행하고 있다. 붉은 여왕은 루이스 캐럴의 동화 『거울 나라의 앨리스』에 나오는 사람이다. 이 책에 앨리스가 붉은 여왕과 계속 달리는 장면이 나온다. 앨리스가 숨을 헐떡이며 붉은 여왕에게 묻는다.

"계속 뛰는데 왜 나무를 벗어나지 못하나요? 내가 살던 나라에서는 이렇게 달리면 벌써 멀리 갔을 텐데."

붉은 여왕은 말한다.

"여기서는 힘껏 달려야 제자리야. 나무를 벗어나려면 지금보다
두 배는 더 빨리 달려야 해."

거울 나라는 한 사물이 움직이면 다른 사물도 그만큼의 속도로
따라 움직이는 나라다. 지금 우리가 사는 세상이 이와 같다. 전
속력으로 뛰어야 겨우 현재 상태를 유지할 수 있다. 경쟁이 전
세계로 확산됐기 때문이다.'

신조어나 과학 이론처럼 새롭거나 어려운 개념은 내용
을 설명해주고 시작해야 한다. 그렇지 않으면 이해가 되지
않아 계속 읽지 않는다. 반면에 풀어 설명해주면 새로운 정
보를 습득하는 기쁨을 느껴 계속 읽는다.

'「스라벨」이란 말을 아십니까? 공부와 삶의 균형이란 뜻으로
Study and Life Balance의 줄임말입니다. 일과 삶의 균형이란
뜻의 「워라벨」이란 말이 이제 공부까지 확산됐습니다.'

모든 글쓰기

이처럼 도입부에서는 질문 형식을 많이 사용한다. 궁금증을 유발시키고 대화체라 친근감이 느껴지기 때문이다.

정리하면 대중적인 글에서 흥미를 유발시켜 관심을 끄는 방법은 아래와 같다.

- 스토리텔링, 에피소드
- 놀라운 사실, 사례 (과학적 근거, 통계로 뒷받침하면 효과가 커짐)
- 격언, 속담, 명언, 고사성어 등을 인용
- 트렌드, 신조어
- 개념 설명
- 질문 형식

단, 회사 문서는 이런 식으로 도입부를 구성하지 않는다. 다음 장에서는 회사 문서에서 주로 사용하는 도입부 형식을 소개하겠다.

09
상황을 공유한 다음
주제로 이끈다

어린아이는 할머니나 엄마에게 이야기해달라고 조른다. 시간 날 때마다 드라마를 보는 어른도 많다. 이야기가 인간 제2의 천성이기 때문이다. 사람은 이야기 속 주인공에 감정 이입하고 간접 경험을 통해 사는 법을 배운다. 이처럼 이야기는 인간 삶에 도움이 되는 정보를 공유하기 위한 수단으로, 진화의 산물로 발전해왔다. 비즈니스 글도 마찬가지다. 사람들은 자신의 호기심을 충족시켜줄 정보나 도움이 되는 글에 관심을 둔다. 흥미와 관심을 끄는

데 효과가 크기 때문에 도입부에 이야기 형식을 활용하는 경우도 많다. 그리고 이야기처럼 비즈니스 글 역시 시간과 공간, 즉 배경과 상황을 알아야 내용을 이해할 수 있다. 달리 보여도 이야기와 비즈니스 글은 여러 면에서 상통한다.

보고서나 기획서의 도입부는 일반적으로 상황 – 전환 – 주제(주장, 결론) 형식으로 쓴다.

먼저 '상황'에서 시간, 공간 배경에 대해 소개한다. 예를 들어 '지난달(시간) 전사적으로(공간) 판매가 부진해(현상) 대책 수립이 필요합니다' 식으로 전체 상황을 소개한다. 읽는 사람이 쉽게 이해하고 관심을 가질 만한 화젯거리로 시작하는 게 좋다. 그래야 흥미를 갖고 계속 읽기 때문이다.

다음으로 이 상황 속에서 나타나는 **문제, 현상 등을 부각해 이야기를 '전환'한다.** 앞의 예로 내용을 전환하면 '그런데 OO 지점만 매출이 상승했습니다. 이는 OO 지점의 영업 사원 교육 방식이 달랐기 때문입니다' 식으로 쓴다. 이렇게 전환하면 읽는 사람은 의문이 든다. '어떤 교육을

했기에 ○○ 지점만 매출이 상승했을까?' 이처럼 전환은 읽는 사람에게 궁금증과 호기심을 불러일으키는 역할을 해야 한다.

그런 다음 이런 의문에 대한 대답을 '주제'로 제시한다. '○○ 지점은 1:1 멘토제를 도입해 신입 사원을 교육했습니다.' 본문은 당연히 '1:1 멘토제' 소개다.

이렇게 도입부를 상황－전환－주제 형식으로 정리해 본문으로 독자를 이끌어야 한다. 참고로 이 구조는 소설이나 시 등 문예 창작에서 주로 사용하는 '기－승－전－결'과 비슷한 흐름이다. 즉 상황－전환－주제로 전개하는 것은 문예사적으로 효과가 입증된 방법이다. 다만 이를 비즈니스 글에 맞게 간소화했을 뿐이다.

도입부 사례를 몇 가지 더 들어보겠다.

1. 회사에서 영업 사원을 교육하는 이유는 판매 향상을 위해서다. (상황)

2. 그런데 교육이 판매에 얼마나 도움이 되는지 측정하는 방법

이 없다. (전환)

3. *'성과를 측정할 수 있는 방법이 있나?' (독자의 머릿속에 떠오르는 의문)*

4. *이번에 교육과 판매 성과의 상관성을 측정하는 방법을 개발했다. (주제)*

이렇게 도입부를 정리한 후 본문에서 성과 측정 방법을 소개한다. 도입부 전개 방식은 보고서나 기획서 모두 위 형식을 따르면 된다. 다만 보고서는 원인 분석에 더 초점을 맞춘다.

1. *회사는 OO 지점의 1:1 멘토제를 회사 전체로 확대해 매출을 향상시키려 한다. (상황)*

2. *하지만 다른 지점에서는 1:1 멘토제가 잘 정착되지 않고 있다. (전환)*

3. *'왜 정착이 안 되지?' (독자의 머릿속에 떠오르는 의문)*

4. *정착이 안 되는 주된 이유는 ～ 때문이다. (주제)*

기획서는 대책 수립에 초점을 맞춘다.

1. *회사는 OO 지점의 1:1 멘토제를 회사 전체로 확대해 매출을 향상시키려 한다.* (상황)
2. *하지만 다른 지점에서는 1:1 멘토제가 잘 정착되지 않고 있다.* (전환)
3. *'정착시키려면 어떻게 해야 하지?'* (독자의 머릿속에 떠오르는 의문)
4. *멘토제 운영을 단계별로 관리해야 한다. 방법은 ∼.* (주제)

원인 분석과 대책 수립을 묶어 하나의 문서로 작성하기도 한다. 일반적으로 회사 문서는 도입부 – 현상 파악 – 원인 분석 – 대책 수립의 형식을 따르고 기대 효과, 액션 플랜 등을 덧붙인다.

도입부가 중요함에도 대부분의 회사 문서에서 생략하는 경우가 많다. 기껏해야 '위 제목에 대해 소개합니다'라는 헛말이나 '귀사의 번창을 기원합니다' 등 형식적인 문구로 대신한다. 잘못된 시작이다.

간단한 지침 전달이나 공지라도 최소한 상황과 기대 반응은 적어야 한다.

1. 전 지점을 대상으로 1:1 멘토제를 교육하려 하니 *(상황)*
2. 지점별로 교육 대상자를 선발해 회신 바랍니다. *(기대 반응)*
3. *(선발 방법과 회신 절차는?)*
4. 선발 기준 및 회신 절차는 다음과 같습니다. *(주제)*
5. 구체적 내용 설명

이런 식으로 앞부분만 읽어도 주제를 알 수 있도록 써야 한다. 여기까지 읽은 사람은 자신과 관련 있는 사안이면 본문도 읽을 것이다.

칼럼 등 대중적인 글은 시사적인 내용을 주제로 다루는 경우가 많다. 이런 일반적인 글의 도입부 역시 상황 – 전환 – 주제의 순으로 쓰면 효과를 높일 수 있다.

먼저 '상황'에서는 주장하고자 하는 주제와 관련한 배경을 간단히 설명하고 일반적으로 대중이 갖고 있는 생각을 서술해 공감도를 높인다. 여기서 공감도를 높이는 이유는 상대의 관심을 끄는 한편 이를 뒤집어 효과를 높이기 위해서다. 예를 들어보겠다.

'만릿길 나서는 길 처자를 내맡기며 맘 놓고 갈 만한 사람 그대는 가졌는가?' 함석헌 선생의 시구이다. 팍팍한 세상을 살아가면서 이런 길동무가 있으면 좋겠다는 생각을 누구나 한 번쯤 해봤을 것이다. 그런 마음이 있어 우리는 강한 인간관계를 선호한다. 하지만 강한 인간관계는 쉽지 않다.

다음 '전환'에서는 이런 일반적인 생각과 대치되는 문제를 소개하고, 이어 이 문제로 인한 손실을 이야기한다. 극명한 대비로 흥미를 유발하고 문제의 심각성을 부각시키기 위해서다. 특히 통계 등으로 손실을 구체화해서 제시하면 더 효과적이다. 혜택을 부각시켜도 되지만 일반적으로 혜택보다 손실을 이야기하는 게 더 효과적이다. 인간에게 잠재해 있는 '손실 회피 편향' 때문이다. 사람은 긍정적인 일보다 부정적인 일에 더 민감하게 반응한다. 주식을 손

절매해야 하는 데도 잃은 돈이 아까워 팔지 않다가 더 많은 손해를 보는 것도 '손실 회피 편향' 때문이다. 앞에 제시한 글을 '전환'으로 연결해보자.

> 하지만 강한 인간관계로 인한 부작용도 크다. 서로에게 강하게 의지하고 책임을 요구하다 보니 많은 문제가 발생한다. 명절날이면 신문 지상을 들썩이는 크고 작은 사건부터 온갖 심리적, 경제적 부담까지 폐해가 크다. 안타까운 사실이지만 2017년 '가족 범죄'는 4만 460건으로 7년 새 두 배나 급증했으며, 성범죄의 경우 지인에 의해 발생하는 경우가 많다. 그렇다고 사회생활을 하면서 모든 관계를 끊고 혼자 살 수는 없다. 어떻게 해야 할까?

도입부 끝에 '주제'를 제시한다. 덧붙여 문제의 해법을 암시해 읽는 사람의 눈길을 계속해서 본문으로 이끈다.

> '강한 관계'와 더불어 '느슨한 관계'를 늘려보자. 서로 의지하거나 책임을 요구하는 관계 말고 독서 모임 등 가볍게 만나는 관

계를 말한다. '느슨한 관계'는 부담이 적어 정신 건강에 좋다. 이직 등 경제적인 면에서 더 도움이 된다는 연구 결과도 있다. 고령화, 비혼 등의 영향으로 혼자 사는 사람이 늘어가면서 '느슨한 관계'의 중요성이 점점 커지고 있다. 어떻게 해야 '느슨한 관계'를 늘릴 수 있을까? 몇 가지만 실천하면 된다.

칼럼 등 대중적인 글에서 도입부 사례를 몇 가지 더 들어보겠다.

1. 취업률이 낮다 보니 회사에 취직하면 본인은 물론 주변 사람들까지 축제 분위기다. 특히 대기업에 취직하면 장원 급제라도 한 양 주위에서 선망의 눈길을 보낸다. 이렇다 보니 회사에 취직하려 고시원에서 생활하는 사람까지 생겨나고 있다. *(상황)*

2. 하지만 어렵게 공부해 회사에 취직한 신입 사원의 1년 이내 퇴사율이 49퍼센트에 달한다. 주된 퇴사 사유는 조직·직무 적응 실패로 무려 50퍼센트를 점한다. 급여·복리후

생 불만은 *20퍼센트로 상대적으로 낮은 편이다. 퇴사로 인한 회사의 피해도 크다. 신입 사원 한 명을 키우는 데 연간 5,000만 원이 들고 퇴사로 인한 비용 외 손실도 적지 않기 때문이다.* (전환)

3. *이유가 무엇일까? 해결 방법이 없을까?* (독자의 머릿속에 드는 생각)

4. *조직 · 직무 적응 실패는 조직을 우선시하는 기성세대와 나를 중심에 두는 밀레니얼 세대의 가치관 차이에서 기인하는 바 크다. 위계질서, 상명하복의 경직된 문화까지 가세하면 문제가 더 커진다. 이 문제는 소통으로 풀어야 한다. 최근 상하 간 자연스러운 소통의 방법으로 역멘토링(Reverse Mentoring)이 확산되고 있다. 이 글에서는 역멘토링을 통해 신입 사원의 퇴사율을 줄이는 방법을 살펴보겠다.* (주제)

위 3번 '이유가 무엇일까'란 질문에만 대답하면 보고서처럼 이유를 설명하고 이해시키는 글이 된다. '해결 방법이 없을까'에 초점을 맞추면 기획서처럼 해법을 제안하는 글이 된다. 이유와 해법 둘 다 제시하는 글을 쓰면 더 좋다. 다음은 신문에 게재한 '미술사를 통해 배우는 통찰력 있는 경영'의 주요 내용을 간추린 것이다. 도입부에 이어 이유와 해법까지 전체 전개 방식을 살펴보자.

도입부

1. '품질'의 시대가 가고 '창조'의 시대가 왔다. 3D 프린터 등 아이디어만 있으면 기계가 제품을 만들고 사람 하나 없이 로봇만으로 돌아가는 공장도 늘어나고 있다. 이제 만드는 것은 어렵지 않다. 무엇을 만들어야 할지 상상하는 게 더 중요하다. *(상황)*

2. 이를 잘 알고 있는 기업에서 창의성을 높이고자 많은 노력을 기울였지만 성과가 크지 않다. '2017 세계혁신지수' 발표에 의하면 한국의 창조성과지수는 49.4점으로 117개국 중 15위다. 낮은 등수는 아니나 승자 독식의 창조경제 시대이기에 더 분발해야 한다. *(전환)*

3. 창조성과지수가 낮은 이유가 무엇일까? 어떻게 해야 창조성 과지수를 높일 수 있을까? *(독자의 머릿속에 드는 생각)*

4. 품질 경영 시대를 대표하는 것이 '숫자'였다면 창조경제를 대표하는 것은 '이미지'다. 디자인 경영이 부각되는 것이 한 예다. 이 시점에 우리는 미술가들의 창조 방법을 살펴볼 필요가 있다. 그들은 창조의 대가이자 피카소처럼 그림 한 점 으로 수백억 원을 벌어들이는 기업가이기 때문이다. *(주제)*

이유

1. 미술은 '칠장이'에서 '예술가'로 변신한 역사를 가졌고, 그 과정에서 비싸게 팔 수 있는 고급 제품을 만드는 법을 배웠다.

2. 미술계는 비즈니스 세계보다 경쟁이 치열하다. 최고가 아니면 살아남지 못한다. 그들은 최고가 되는 방법을 안다.

3. 전 세대를 답습해서는 1등이 되지 못한다. 미술가는 최초가 되기 위해 온갖 시도를 했고 끊임없이 차별화를 기했다.

해법

1. 당대의 선도적인 사상과 기술을 공부해 제품에 반영하라. 초
   현실주의는 프로이트의 무의식 이론을 응용했고, 백남준은
   TV를 활용해 미디어아트라는 새로운 지평을 열었다.

2. 경쟁사는 물론 다른 업종 회사의 기술까지 모방하고 융합하
   라. 피카소는 고전파부터 야수파에 이르는 전 과정을 섭렵
   했고, 심지어 원시 미술까지 자신의 작품에 응용했다. 피카
   소가 말한 '뛰어난 예술가는 모방하지만 위대한 예술가는
   훔친다'는 스티브 잡스의 좌우명이 되었고, 이를 비즈니스
   에 반영해 성공했다.

3. 제품을 모방하지 말고 사고방식을 모방하라. 야수파가 색을
   강조하자 추상파는 선을 강조했다. 뒤샹이 상품인 변기가
   아름답다며 전시하자 앤디 워홀은 캠벨 수프를 프린트해서
   팔았다.

상황-전환-주제 형식으로 도입부를 작성하면 된다.

모든 글쓰기

이 형식에 전부 맞출 필요는 없고 글의 성격에 따라 가감하면 된다. 또 지면이나 독자의 이해도에 따라 분량을 조절한다. 요약하면 도입부의 목표는 문제의식과 흥미를 불러일으키는 것이다. 처음부터 타당성을 설명하거나 섣불리 설득하려 들면 안 된다. 설명과 설득은 본문에 맡기자.

10
전체 흐름을 잡고 쓴다

고대 그리스와 로마는 웅변 능력이 곧 실력인 시대였다. 따라서 사회 지도층과 귀족 자제들은 웅변과 그 바탕이 되는 글쓰기를 필수 학문으로 배웠다. 웅변과 글쓰기의 기초를 다진 사람 역시 아리스토텔레스였다. 아리스토텔레스는 그의 저서 『수사학』에서 주제 설정법, 배열법, 미사여구법 등을 다루었다. 배열법은 글 구성을 말하는데 머리말-진술부-논증부-맺음말의 4단계로 배치하라면서 각 단계마다 해야 할 일을 설명했다.

머리말의 목표는 유혹하기다. 독자를 유혹해서 웅변 속으로 끌어들여야 한다. 방법은 앞에 서술한 9장 내용과 유사하다. 진술부에서는 주제를 소개하고, 논증부에서는 주제를 증명하거나 상대의 주장을 반박한다. 맺음말에서는 표현을 달리해 한 번 더 주제를 강조한다. 마지막 부분이니 감동시켜 여운을 남겨야 하기 때문이다.

정리하면 앞과 뒤는 감성적, 본문은 이성적 장치를 사용해 효과를 극대화하는 방식이다. 아리스토텔레스의 배열법은 현대 글쓰기의 모태가 되었고, 지금도 큰 틀에서는 이 흐름을 따른다.

아리스토텔레스는 사법적, 수사적, 정치적 세 가지 장르로 글쓰기를 분류하기도 했다. 당시는 민주주의와 법이 개화하는 시기였다. 법정에서 배심원단이 판단을 내려 유무죄를 결정했기에 사람을 설득하는 화법이 중요했다. '사법적' 장르는 이 영역을 다룬다. 과거에 발생한 사건을 다루며 법에 근거해 잘잘못을 따진다. 반면 '정치적' 장르는 지금의 선거 연설과 마찬가지로 미래의 꿈을 제시해 청중을 자기편으로 이끌어야 한다. 또한 '수사적' 장르에서는 결혼식, 개회식 등 일상생활에서 흔히 사용하는 연설법을 다뤘다.

이 같은 아리스토텔레스의 장르 구분법은 회사 문서 작성법과 유사한 면이 있다. 과거를 다루는 사법적 글쓰기는 사건·사고 등 내규나 원칙, 기준에 맞지 않아 발생한 문제를 다루는 보고서와 흐름을 같이한다. 정치적 글쓰기는 신제품 개발, 조직 개편 등 '개발형 글쓰기'와 비슷하다. 원인보다 방법을 주로 다루고 청사진(to-be)을 제시해 상대를 설득한다. 수사적 글쓰기는 신년사나 격려사 등 일상의 행사와 관련 있다.

이런 관점에서 보면 과거, 현재, 미래, 즉 어느 시간대에 초점을 맞추느냐에 따라 글쓰기의 형식이 좌우됨을 알 수 있다. 과거에 초점을 맞추면 이미 작동하는 프로세스나 원칙에 문제가 생겼다는 뜻이니 보고서가 되고, 미래에 초점을 맞추면 기획서가 된다. 물론 대규모 프로젝트는 이 세 가지 시간대를 모두 다루지만 문서 성격에 따라 시간 비중을 달리한다. 생산 라인의 불량률이 높아져 이를 개선하는 프로젝트라면 '문제 해결형'이니 불량이 발생한 시간대인 과거 데이터를 중점적으로 살핀다.

보고서와 기획서에 들어가는 형식을 총망라하면 아래와 같다.

제목 – 개요 – 추진 배경 – 현황 – 주제 – 문제점 – 프로젝트 목표 – 원인 분석 – 해결(개발) 방안 – 기대 효과 – 검토 및 조치 사항 – 향후 추진 계획 – 일정 및 역할(담당자, 담당 부서) – 향후 관리 방법 – 시사점

이 내용을 다 쓸 필요는 없다. 일부를 합치거나 생략해도 대부분의 회사 문서를 작성할 수 있다. 예를 들어 '상황 보고서'는 개요, 추진 배경과 현황을 합쳐 '추진 상황'으로 약술하고, 조치 사항이나 시사점을 기록하는 정도로 마무리한다. '요약 보고서'는 더 압축해 조치 사항이나 시사점을 합쳐 정리한다.

기획서도 마찬가지다. '개발형 기획서'의 경우 추진 배경, 현황, 문제점을 합쳐 서술하고 원인 분석은 불필요하니 생략한다. 향후 관리 방법을 정하는 것도 시기상조이니 파일럿 테스트 등으로 대체한다.

이런 식으로 문서 형식에 맞게 압축하거나 분량을 늘려서 보고서, 기획서 등을 작성한다. 다시 말해 위에 제시한 전체 흐름을 이해하고 응용하면 어떤 회사 문서든 어렵지 않게 작성할 수 있다.

몇 가지 중요 개념에 대해 추가해서 설명하겠다.

문서에 목적이나 목표를 쓰지 않더라도 이를 고려하는 것은 중요하다. 글의 전체 방향을 이끌고 구체적으로 써야 할 내용을 알 수 있기 때문이다.

일반적으로 보고서는 개요나 취지에서 '목적'을, 기획서는 '목표'를 기재한다. 목적과 목표를 혼용해서 쓰는 경우가 많은데 목적은 방향성을 나타내므로 회사의 비전, 사규 등 가치관이나 규칙과 관련이 깊다. 목표는 목적을 달성하기 위해 해야 할 구체적인 행동이나 성과를 뜻하니 계량

모든 글쓰기

화가 가능한 정량적 지표로 설정한다. 이때 지침으로 삼는 것이 'SMART 원칙'이다. SMART는 구체적이고(Specific), 측정할 수 있고(Measurable), 성취 가능하고(Achievable), 실현 가능하며(Realistic), 기한이 정해진(Time bound)의 앞 글자를 딴 약어다. 규모가 크고 기간이 오래 걸릴 것으로 예상되는 목표는 중장기로 나눠 설정한다.

내용에 따라 정량적, 정성적 목표로 나누기도 한다. 정량적 목표는 수치화가 가능한 목표를 말하고, 정성적 목표는 계량화할 수 없지만 의미 있는 성과를 말한다. 일이 완수된 후 전체 성과를 예상하는 '기대 효과'에는 정량적, 정성적 성과를 모두 기재하며 한눈에 알아볼 수 있도록 현재 모습(as-is)과 미래 모습(to-be)을 비교해 제시하기도 한다.

다음으로 '원인 분석'이다. 대부분 비즈니스 글쓰기 책은 Why와 How를 빼놓지 않고 이야기한다. 하지만 Why를 찾기란 쉽지 않다. 한때 유행했던 '6시그마'에서도 프로젝트 기간 중 절반 이상을 원인 분석에 할애한다. 대강 '이런 원인 때문일 거야'라는 추정은 통하지 않는다. 실험 등을 통해 데이터로 확인된 근거를 제시해야 한다. 이처럼 까다로운 원칙을 두는 이유는 원인을 잘못 파악하면 잘못된 해법이 적용되고 오히려 일을 그르치기 때문이다. 하지만 이런 엄격한 절차, 통계에 입각한 근거 제시의 어려움으로 '6시그마'는 점점 인기를 잃고 있다. 반면 지금까지 활발하게 이용되는 원인 분석 방법이 있다. 도요타에서 개발한 '5Why' 기법으로 맥킨지, GE는 물론 롯데 등 한국 기업에서도 널리 사용하고 있다.

'5Why'는 어떤 문제가 생기면 최소 다섯 번 이상 질문해 근본 원인을 찾는 기법이다. 꼭 다섯 번을 하라는 게 아니라 근본 원인이 밝혀질 때까지 깊이 있게 탐색하라는 뜻이다. 아울러 두 가지 원칙에 따라 질문해야 한다. 첫째, 질문에 대한 답이 근거에 기초해야 한다. 둘째, 통제 가능한 답이어야 한다. 예를 들어 '감기에 걸린 이유'에 대한 답이 '날씨가 갑자기 추워져서'라면 안 되고 '옷을 얇게 입어서'라야 한다. 통제할 수 있어야 해결할 수 있기 때문이다.

'5Why'로 문제를 해결한 예를 들어보겠다. 미국 워싱턴에 있는 제퍼슨 기념관 벽이 자주 부식됐다. 관람객들이

항의를 했고 교체 비용도 많이 들었다. 기념관은 이 문제에 '5Why'를 적용했다.

> *Why 1.* 왜 기념관의 대리석이 부식되는가? → 세제로 자주 닦기 때문이다.
>
> *Why 2.* 왜 자주 닦는가? → 비둘기가 많아 똥이 자주 묻기 때문이다.
>
> *Why 3.* 왜 비둘기가 많은가? → 비둘기의 먹잇감인 거미가 많기 때문이다.
>
> *Why 4.* 왜 거미가 많은가? → 불을 일찍 켜서 거미의 먹이인 나방이 많이 모여들기 때문이다.
>
> *Why 5.* 왜 불을 일찍 켜는가? → 직원들이 일찍 퇴근하기 때문이다.

여기까지 '5Why'로 전개하면 해법이 절로 떠오른다. 퇴근 시간을 늦추거나 주변에 있는 다른 건물보다 불을 늦게 켜면 된다. 질문이 거듭될수록 해결하기 쉬운 대답이 나오는 것을 알 수 있다. 이처럼 원인을 제대로 밝히면 손쉬운 해법이 나온다.

Why의 중요성은 또 있다. 비즈니스 글쓰기의 주된 목표는 상대를 설득하는 것이다. 이를 위해 회사 문서나 광고는 기본적으로 What(무엇), How(방법), Why(이유)의 세 가지 내용을 담는다. What은 책마다 여러 가지로 설명해서 헷갈리지만 주로 대상이나 목표를 뜻한다. 이 세 가지 중에서 무엇이 가장 중요할까? How나 What을 먼저 떠올리는 사람이 많겠지만 『나는 왜 이 일을 하는가』라는 책을 쓰고 TED 동영상 강의로 유명한 작가 사이먼 사이넥(Simon Sinek)은 Why가 가장 중요하다고 역설한다. Why는 사람을 행동하게 만들기 때문이다.

그 증거로 혁신 기업 애플을 들었다. 보통의 제조 회사라면 What(훌륭한 컴퓨터), How(다양한 기능과 편리한 사용법)만 이야기하지만 애플은 거꾸로 Why에서 출발해 How, What으로 나아간다.

Why 우리가 하는 일은 현실에 도전하기 위함이고 우리는 발상의 전환이라는 가치를 믿습니다.

모든 글쓰기

How 현실에 도전하는 방식은 모든 제품을 유려한 디자인, 편리한 사용법, 자연친화적으로 만드는 것입니다.

What 그래서 이 훌륭한 컴퓨터가 탄생했습니다.

Why에 동조하는 사람은 고객을 넘어 신념을 공유하며 같은 집단이 되려고 한다. 속칭 '애플빠'라는 집단까지 등장했으니 이 이야기는 설득력이 높다. 이처럼 마케팅이나 문제 해결에서 Why는 중요하니 반드시 이해시키고 넘어가야 한다. 단, 글을 읽는 사람이 이유를 알고 있을 때는 예외다. 알고 있는 내용을 반복할 필요는 없다. 이때는 간단히 환기하면 된다.

칼럼 등 일반적인 글쓰기도 회사 글쓰기와 흐름은 같다. 이유와 해법을 중심으로 정리한다.

실제 사례로 살펴보자. 예문은 IGM 세계경영연구원 오지영 연구원이 쓴 「잡담이 비즈니스 성공을 부른다」를 발췌해 정리했다.

우리는 누구나 비즈니스 관계 속에서도 '어색한' 상황을 하루에도 몇 번이나 마주한다. 잘 모르는 얼굴에게도 먼저 반갑게 인사를 붙이는 친근한 사람도 있고, 굳은 표정 속에 자신을 숨긴 채 어색한 상황을 서둘러 피해버리는 사람도 있다. 어색한 상황을 바꾸는 작지만 카리스마 있는 힘 스몰톡(Small Talk). 스몰톡은 '어색한 분위기를 누그러뜨리는 일상의 소소한 대화'를 뜻한다. '그냥 그런 잡담'으로 치부되어온 스몰톡이 누군가에게는 그 무엇과도 바꿀 수 없는 핵심적인 비즈니스 경쟁력이 될 수 있다. *(편집자 주)*

→ 서문에서 '스몰톡'이라는 생소한 개념을 소개한다. 전문 용어 등 독자가 이해하기 어려운 용어는 설명하고 넘어가야 한다.

#1. 이른 아침, 회사 엘리베이터에 어색하게 단둘이 타게 된 개발본부 나뻘쭘 상무와 영업본부 김소심 이사. 몰려드는 사람들에 발 디딜 틈도 제대로 없기 일쑤인 엘리베이터에 오늘은 웬일인지 둘뿐이다. 엘리베이터는 왜 이리 넓게 느껴지는지, 22층까지 올라가는 짧은 시간이 왜 이리 길게 느껴지는지 모르겠다.

모든 글쓰기

그런데 만약 이때 나쁠쯤 상무가 엘리베이터에 오르며 환한 미소로 "좋은 아침이에요" 한마디를 먼저 건넸다면 어땠을까?

→ 장면을 뜻하는 '#'을 붙여 상황을 설명했다.

'고작 스몰톡이 비즈니스 경쟁력이라고? 시답잖은 잡담 같은 거 아닌가? 게다가 말 잘하는 사람은 따로 있는 거지 그게 뭐 중요하다고….' 이렇게 생각해왔다면 이제는 당신의 생각이 달라져야 할 때다. 소프트파워 시대, 사회적으로나 조직적으로나 소통의 중요성이 어느 때보다 커지고 있기 때문이다.

→ 상황 설명 후 전환하고 주제를 제시했다.

스몰톡 잘하면 어떤 효과가? 첫째, 긍정적인 개인 브랜드를 쌓을 수 있다…. 둘째, 알짜 정보들을 얻을 수 있다. 스몰톡을 통해 낯선 사람을 아는 사람으로 바꾸어주면 '느슨하고 친밀한 관계'가 무궁무진하게 생겨날 수 있다. 놀랍게도 이 관계는 끈끈한 인간관계보다 더 많은 정보와 기회를 우리에게 열어준다.

미국의 경제사회학자 마크 그레노베터가 발견한 '느슨한 연결의 강점(Strength of Weak Ties)'이라는 정보 효과에 관한 가설에 따르면 오래된 친구처럼 끈끈한 사람들보다 접촉 빈도가 낮은 사람이 오히려 신선하고 중요한 정보를 줄 수 있다고 한다. 셋째, 삶이 풍요로워진다….

→ 이유를 나열한다. 각 내용은 PREP 구조로 작성했다.

그럼 무엇부터 하면 될까? 첫째, '먼저' 시작하라…. 둘째, 대화를 이어가는 탐색 질문을 익혀라…. 셋째, 비즈니스 대화의 시작과 끝에 스몰톡을 활용하라. 상품 설명, 제품 판매, 계약 체결, 서비스 제공 등 어떤 심각하고 진지한 주제라도 괜찮다. 스몰톡으로 시작해서 스몰톡으로 끝내는 것이 딱딱한 비즈니스 대화를 부드럽게 해준다. 미국에서 실시했던 한 조사에 따르면 의사들이 진찰 전후에 환자에게 가족과 직업, 여름 계획 등을 질문한 경우, 그렇게 하지 않은 경우에 비해 소송에 휘말릴 가능성이 훨씬 낮았다고 한다. 사람들은 자기가 좋아하는 사람을 곤경에 빠뜨리지 않는다.

모든 글쓰기

→ 방법(해법)을 제시한다. 각 방법을 PREP 구조로 써서 메시지를 강화했다.

> 정 어렵고 두렵다면 질문만이라도 제대로 던져보자. 잘 듣겠다는 마음으로 경청을 시작하면 대화는 부드럽게 이어질 수 있다. 사람들은 대부분 자기 이야기하는 것을 즐긴다. 몇 마디 간단한 말속에서도 마음의 빗장이 열리고 관계가 쌓이는 스몰톡의 커다란 힘을 모두가 맛볼 수 있기를 바란다.

→ 결론에서 표현을 바꿔 다시 한번 강조한다.

이처럼 도입부(상황-전환-주제)를 전개하고 이유(Why)와 해법(How)을 각각 PREP 구조로 정리해 붙이면 훌륭한 글이 된다.

본문을 전개하는 방법을 요약하겠다.

1. 문제의 원인(이유)을 제시한다.

원인에 공감이 가야 해법을 읽는다.

2. 해법을 제안한다.

원인과 연결해 문제 해결 방법을 제안한다. 완벽하게 해결하기 어려우면 개선 수준의 방법을 제안하고 한계를 이야기한다. 실행에 장기간의 시간과 비용이 들면 단기, 중기, 장기로 나눠 설명한다.

3. 반론을 수용한다.

요새는 아리스토텔레스의 배열법 중간에 반론부를 추가해 머리말 – 진술부 – 반론부 – 논증부 – 맺음말의 5단계로 쓴다. 반론부를 넣으면 자기의 주장과 대립되는 의견을 다뤄 공정한 느낌을 주기 때문이다. 그런 다음 이를 반박해 자신의 논증을 강화한다. 이렇게 쓰기 위해서는 상대의 입장에서 생각해 의심이 들거나 비판이 나올 수 있는 부분을 찾아내야 한다. 특히 제안한 해법이 문제보다 더 많은 비용이 들거나 또 다른 문제를 야기하지 않는지 검토해야 한다.

모든 글쓰기

4. 이 해결책이 다른 대안보다 나은 이유를 강조한다.

위 단계에서 나온 반론 또는 예상할 수 있는 다른 해법과 비교해 자신이 제시한 해결책이 나은 점을 설명한다. 비교를 통해 논증을 강화하고 자연스럽게 결론으로 이끌어 자신의 주장을 한 번 더 강조한다. 논리는 일관돼야 한다. 이것도 좋고 저것도 좋다는 식으로 결론을 써서는 안 된다.

5. 실행 방법을 제시한다.

추진 계획, 역할, 담당 등 액션 플랜을 구체화한다. 일반적인 글에서는 독자가 납득할 실행 방법을 제시한다.

11
조립 방식만 알면
다양한 글을 쓸 수 있다

똑같은 물건을 붙이기만 해도 새로운 제품이 탄생한다. 총을 여러 개 붙이면 기관총이 된다. 이런 식으로 차를 여러 개 붙이면 기차가 되고, 집을 여러 개 붙이면 아파트가 된다. 나누어보면 각각의 모양은 비슷하다. 최근 유행하고 있는 모듈형 제품이 바로 이 원리를 이용한 것이다. 레고블록처럼 부품을 자유롭게 떼고 붙여 다양한 제품을 만든다. 심지어 생산 라인이나 교육 커리큘럼까지 모듈형으로 만들기도 한다.

비즈니스 글 역시 같은 방식으로 다양한 문서를 만들 수 있다. 건축에 비유하면 PREP에서 설명한 P, R, E, P는 시멘트, 모래, 물과 같은 원료다. 이를 섞어 Why나 How 같은 벽돌을 만든다. 그리고 이 벽돌을 쌓아 건물을 완성한다.

Why와 PREP에서의 Reason은 다르다. Why는 전체 문서에서의 이유 또는 원인을 말하고 Reason은 Example과 더불어 이 Why를 뒷받침하는 근거 역할을 한다. How 역시 PREP 형식으로 쓴다. P, R, E, P 각각을 원료로 Why나 How를 벽돌에 비유할 수 있다. 여기서 근거 E는 하나 이상 여러 개를 들 수 있다. E를 많이 넣어 강화벽돌을 만든다고 생각하면 된다. 하지만 E를 무조건 많이 넣는다고 좋은 것만은 아니다. 주제와 무관한 E를 넣으면 오히려 글이 혼란스러워진다. Why나 How 전체를 PREP 형식으로 쓰기는 쉽지 않지만 이를 원칙으로 삼아야 튼튼한 글이 된다. 대부분 근거로서의 E를 찾는 데 어려움을 느낀다. 노력하되 맞춤한 사례를 찾지 못하면 생략할 수도 있다.

글의 성격에 따라 Why나 How가 여러 개일 수도 있다. 이런 경우에는 하위 단계를 Why 1, Why 2, Why 3나

How 1, How 2, How 3로 표현한다. 즉 전체 글의 구성 요소로 이유를 표현하는 소단위는 Why가 되고, 방법을 나타내는 소단위는 How가 된다.

이렇게 하면 육하원칙을 기준으로 볼 때 Who, When, Where, What이 남는다. 이것들은 문서 성격에 따라 써야 할 내용이 정해지기에 PREP 형식으로 쓰지 않아도 된다. 예를 들어 '행사 기획서'라면 When, Where는 특정한 날과 장소로 정해질 테고, Who 역시 운영 주체나 참가자일 것이다. What은 목적, 대상, 제품 등 문서 성격에 따라 여러 가지로 표현되는데 혼란의 여지가 많아 구성 요소로서의 설명은 생략한다.

정리하면 Why와 How만 다양하게 조립할 줄 알면 비즈니스 글 대부분을 쓸 수 있다. 그럼 Why와 How를 조립할 때 어떤 식의 글이 나오는지 살펴보자. 각각의 구성 요소와 조립 방법에 따라 1형식, 2형식 등으로 표현했지만 '형식'이란 말에 얽매일 필요는 없다. 편의상 붙였을 뿐이다.

1형식

도입부 + *Why 1, Why 2, Why 3…*

1형식은 Why만 여러 개다. 회사 문서에서는 왜 이런 일이 발생했는지 설명하는 정보 전달 중심의 '상황 보고서'가 이에 해당한다. 일반 글에서는 문제를 제기하거나 왜 이 문제가 중요한지 설명할 때 사용한다.

2형식

도입부 + *How 1, How 2, How 3…*

2형식은 How만 여러 개다. 회사 문서로는 상황 보고 후 작성하는 '실행 계획서' 등이다. 일반 글에서는 주로 문제 해결 방법을 제시하는 글이 여기에 해당한다. 간단하게라도 원인을 설명해야 하면 도입부에 넣어 약술한다.

다음은 Why와 How를 붙인 형식이다. 붙이는 방법은 직렬과 병렬 두 가지가 있다. 3형식은 직렬이고, 4형식은 병렬이다.

3형식

도입부 + Why 1, Why 2, Why 3⋯ + How 1, How 2, How 3⋯

3형식이 이해하기 쉽고 내용도 풍부하게 다룰 수 있어 가장 많이 사용한다. 기획서 대부분은 이 형식으로 작성하고, 정부 지원 사업에 응모하는 '사업계획서'나 투자자를 설득하는 '투자 제안서'도 이런 형식으로 쓴다. 일반 글에서는 기획 기사 등 자세한 설명이 필요한 글에 쓰인다.

4형식

도입부 + Why 1, How 1 + Why 2, How 2⋯

병렬로 구성하는 4형식은 Why나 How가 간단하게 들어가는 '결과 보고서'에 사용한다. 너무 많은 Why와 How를 붙여 나열하면 복잡한 느낌이 드니 그런 경우는 3형식으로 쓰는 게 낫다. 일반 글에서는 칼럼 등 지면은 작지만 완성된 느낌을 주려는 글에서 쓴다.

3형식처럼 원인과 해법이 여러 개인 글은 앞서 설명한 대로 각각을 PREP 형식으로 구성한다. PREP에 맞춰 이유와 근거를 함께 제시하면 밑바탕부터 탄탄한 문서가 된다. 소단위별로 번호를 붙이면 이해하기도 쉽고 보기에도 좋다. 그다음 Why 전체, How 전체를 묶어 중제목으로 정리하고, 이런 식으로 올라가며 전체 제목, 결론을 도출한다. PREP이라는 벽돌을 쌓아올려 피라미드를 만드는 것이다.

실제 작성 예를 들어보겠다. 다음은 서울시에 제출한 사업계획서로 제목은 '작가를 지원하는 북펀딩 플랫폼'이다.

도입부는 이렇게 썼다.

상황 나는 삼성에 다니던 회사원이었지만 작가가 되고 싶어 퇴사해 글을 쓰기 시작했다. 지금까지 다섯 종의 책을 냈고 그중 두 가지가 베스트셀러에 올랐다.

전환 그런데도 수입은 정상적인 생활이 불가능할 정도로 적었다. 아사한 시나리오 작가 이야기를 신문에서 읽고 다시 취직했다.

주제 한국경제연구원 '독서의 경제적 영향' 조사에 따르면 책은

국가 경쟁력의 근간이다. 작가가 사라지면 책도 사라진다. 고민 끝에 작가를 지원하는 '책 전용 크라우드펀딩 플랫폼'을 기획했고 2018년 2월 [북펀딩]을 설립했다.

다음으로 작가를 지원해야 하는 이유 세 가지를 적었다.

Why 1 독서율 저하로 작가의 수입이 급격하게 감소하고 있다. 2017년 한국 독서율은 60퍼센트(40퍼센트가 책을 한 권도 읽지 않음)이며, 성인 독서량은 월 1.1권으로 조사 대상 199개국 중 166위이고, 월평균 가구당 도서 구입비는 4,900원이다. 그 결과 작가의 연평균 소득은 213만 원에 불과해 겸업 또는 이직을 하지 않으면 정상 생활이 불가능할 정도다.

Why 2 출판사도 어렵다. 2016년 '출판 산업 실태 조사'에 따르면 등록된 5만 7,000개 출판사 중 91퍼센트가 단 한 권의 책도 출판하지 않았으며, 6퍼센트의 출판사가 다섯 종 이하를 출판했다. 작가는 수입도 적은데 애써 완성한 원고를 출판도 할 수 없는 이중고를 겪고 있다.

Why 3 이런 작가를 대상으로 500만~2,000만 원의 돈을 투자하라며 자비 출판을 요구하는 출판사가 늘고 있다. 어렵게 돈을 모아 자비 출판해도 원금조차 회수하기 어려운 경우가 대부분이다.

그다음 해결 방법 세 가지를 제시했다.

How 1 크라우드펀딩으로 출판 비용을 마련하겠다. 한국과 비슷한 상황이었던 영국에서도 이런 문제를 해결하고자 작가 세 명이 모여 2011년 'UNBOUND'라는 책 전용 크라우드펀딩 회사를 설립했다. 현재 직원 50명, 연 100종의 책을 출간하는 회사로 성장했다.

How 2 기존 출판사에서 7~10퍼센트 지급하던 인세를 20퍼센트로 두 배 이상 지급해 작가가 더 많은 돈을 벌게 하겠다. 더불어 '글쓰기 교실' 등 글쓰기와 관련된 다양한 수입원을 제공하겠다.

How 3 출판에서 판매에 이르는 전 과정을 지원하겠다. 특히 사전, 사후 마케팅을 도와 수입을 늘리겠다.

위와 같은 내용의 사업계획서로 서울시 지원 사업에 합격해 회사를 설립했다. 다음 해는 '사회적 기업가 육성 사업'에 지원했다. 이때는 What, 즉 법인 설립 후 무엇을 했는지 중점적으로 소개해야 했다. [북펀딩]의 사업은 크게 세 가지로 나눌 수 있다.

펀딩

와디즈, 텀블벅에서 총 3회 크라우드펀딩을 실시해 1,300만 원의 출판 비용을 마련했다.

출판

이렇게 모은 돈으로 스타트업 실패담을 담은 『스타트업 스타트인』, 여성 경력 단절 극복기를 쓴 『아내, 노트북을 열다』, 글쓰기 실습 노트 『삶꿈노트』『나도 작가 노트』를 발간해 2018년 12월 현재까지 800만 원의 매출이 발생했고 지금도 계속 팔리고 있다.

교육

'글쓰기 교실'을 총 16회 개최했고 1,000만 원의 매출이 발생했다. 작가 두 명에게 강사료를 지급했다.

여기에 인력 채용 등 향후 추진 계획을 추가해 발표했다. 그 결과 육성 사업에 선발됐고 여기서 지원받은 돈으로 자체 플랫폼을 완성했다.

삼성에 다닐 때 많은 문서를 작성했지만 사회에 나와서는 더 많은 문서를 작성해야 했다. 사업이든 취업이든 그 모든 시작은 글쓰기다. 회사 문서는 어느 정도 형식이 정해졌고 참고할 자료도 있지만 사회에 나와 쓰는 글은 정보 수집부터 작성, 발표에 이르기까지 모두 스스로 해야 한다. 따라서 평소 글쓰기 능력을 키워둬야 한다. 글쓰기는 하고자 하는 일에 날개를 달아준다.

12
뛰어난 원고에서 훌륭한 프레젠테이션이 나온다

'홍보의 신'이라 불리는 남자가 있다. 프레인글로벌 여준영 대표다. 직원 여섯 명뿐인 작은 홍보 회사로 시작해 300명이 넘는 대회사를 일궜다. 광고를 수주하는 프레젠테이션에서 그는 진 적이 없다. 유명한 일화가 있다. 대형 프랜차이즈 회사 경쟁 프레젠테이션을 여 대표는 질문으로 시작했다. 화면에는 '16283759412'라는 숫자가 보였다.

"이 숫자가 어떤 숫자인지 아십니까?"

대답하는 사람이 없자 여 대표는 끝날 때 말씀드리겠다 말하고 계속 진행해나갔다. 보통의 경우라면 지루해하

거나 딴생각하는 사람이 나오는데 프레젠테이션은 긴장
감 있게 진행됐다. 어떤 숫자일까 궁금해하며 사람들은 이
야기에 귀를 기울였다. 마침내 여 대표가 숫자의 비밀을 밝
혔다. 화면에 카드가 보이더니 거기에 그 숫자가 적혀 있었
다. 이는 바로 여 대표가 프랜차이즈 회사에 가입해 받은
카드 회원 번호였다. 이어 그는 카드를 사용하면서 느낀 경
험과 아이디어를 이야기했다. 여 대표는 그 프레젠테이션
에서도 승리했다.

지금까지 도입부, 본론, 결론을 구성하는 방법을 알아
봤다. 이번 장에서는 프레젠테이션을 다루겠다. 앞서 말한
모든 것을 종합하는 내용이면서 CEO 신년사, 마케팅 리플
릿, 제안서 작성 등 응용 분야가 많기 때문이다.

글쓰기에 여러 장르가 있지만 크게 두 흐름으로 나눌
수 있다. 한 갈래는 감성과 표현에 역점을 둔 수사학적 글
쓰기로 주로 문학으로 발전했다. 다른 갈래는 이치(理致)와
이성에 기반을 둔 논리적 글쓰기로 논문 및 비즈니스 글쓰

기로 발달했다. 프레젠테이션은 이 두 가지를 적절하게 조합해 마음과 머리 모두를 움직여야 한다. 물론 발표자에 따라 약간씩 차이가 있다. 버락 오바마의 연설은 수사학 쪽에 더 비중을 두고 있다. 유명한 '시카고 연설문'을 보면 앤 닉슨 쿠퍼라는 흑인 할머니를 등장시켜 스토리텔링으로 이야기를 전개하고 'Yes, We Can'이라는 반복법을 사용한다. 사람을 주인공으로 해서 감정 이입시키는 스토리텔링은 공감대를 형성해야 할 때 주로 쓰는 기법이다. 물론 스토리텔링만으로는 부족하다. 스토리텔링으로 감정을 담당하는 우뇌를 공략하는 한편 사실, 전략, 방법 등으로 이성을 담당하는 좌뇌를 공략해야 한다. 따라서 도입부와 결말은 스토리텔링이나 반복법 등 수사학적 방법을 사용하고 중간 부분은 이성적, 논리적으로 진행한다.

글쓰기의 목적은 크게 '설명'과 '설득'으로 나눌 수 있다. 여기서 프레젠테이션은 설득을 목적으로 하는 글이다. 물건을 사게 하든, 정치적 행동을 하게 하든 사람의 마음을 움직여야 한다. 이 설득 방법을 정리한 사람 역시 아리

156

모든 글쓰기

스토텔레스다. 그는 설득의 3요소로 에토스, 파토스, 로고스를 들었다. 에토스는 설득하는 사람 자신, 파토스는 듣는 사람의 감정, 로고스는 논리에 관한 이야기다. 하나하나 살펴보자.

에토스는 발표자의 자질이 프레젠테이션에 어울려야 한다는 뜻이다.

자질은 전문성, 도덕성, 신념 등을 말한다. 해당 주제에 비전문가라면, 혹은 평소 다른 신념을 보이던 사람이 갑자기 태도를 바꿔 설득하려 든다면 믿음이 덜 갈 수밖에 없다. 겸손함도 있어야 한다. 전문성이 뛰어나다고 청중을 낮잡아봐서는 안 된다. 발표자도 청중과 같은 사람이고 관심사도 같다는 인상을 심어주어야 한다. 그래야 청중이 귀 기울이기 시작한다. 자기만 아는 전문 용어를 사용해 현학적인 태도로 이야기하면 반감을 산다. 듣는 사람이 이해할 수 있는 쉬운 용어를 사용해야 하고 또 공감대를 형성하기 위해 '우리'라는 용어를 자주 쓰는 게 좋다.

이런 관점에서 보면 누구나 발표자, 웅변가가 될 수 있다. 발표자나 청중이나 모두 같은 사람이기 때문이다. '하지만 내게는 특별한 전문성이 없는데' 하며 고민할 필요도 없다. 우리 모두는 나만 알고 있는 전문적인 영역이 있기 때문이다. 바로 나의 삶과 경험이다. 그것은 누구도 대신할 수 없는 나만의 고유하고 독특한 영역이다. 물론 누구나 겪는 시시콜콜한 이야기로 관심을 끌 수는 없다. 나만의 이야기이되 상대를 감동시키거나 설득할 수 있는 소재여야 한다. 세계적인 강연회 테드(TED)에서도 특별한 취미, 경험, 사상을 갖고 있는 다양한 일반인이 등장한다.

대중 앞에서 발표하려면 고민하고 자문해서 나만의 이야깃거리를 찾아야 한다. 필자는 이를 도울 목적으로 글쓰기 노트를 만들었다. 『삶꿈노트』라는 제목의 노트인데 질문에 대답하는 방식으로 써나가다 보면 자신의 장단점과 좋아하고 싫어하는 것을 알 수 있다. 온고지신(溫故知新)이라는 말이 있다. '옛것을 익히고 그것을 미루어 새것을 안다'는 뜻이다. 개인도 마찬가지다. 성장 과정을 반추해보면 거기서 생기는 지혜를 바탕으로 자신이 원하는 미래를 계획할 수 있다.

'회고록은 글쓰기를 처음 시작하는 사람이 가장 쉽게 택할 수 있는 소재이자 주제다. 자신을 가장 잘 알고 사랑하는 사람이 바로 자신이기 때문이다. 처음부터 인생 전체를 쓸 필요는 없다. 기억에 남아있는 가장 강렬했던 순간이나 큰 변화를 가져온 사건을 하나씩 써나가자. 당시 사진을 보고 기억을 떠올려 쓰거나 머릿속에 남아있는 추억을 글로 옮겨보자. 이렇게 써가다 보면 커다란 글 줄기가 만들어진다. 자기 삶의 흐름을 알고 자신이 나갈 방향을 깨닫게 된다.'

『삶꿈노트』 서문의 일부 내용이다. 노트에 담긴 질문 몇 가지도 소개하겠다.

1. 나를 되돌아보기

– 가장 몰두했던 일은 무엇이었나?

– 어린 시절 소원은 무엇이었나?

– 살면서 가장 잘한 일은?

– 가장 후회스러운 일은?

– 내 삶에 반복적으로, 또는 일관되게 나타나는 흐름은?

2. 결정적인 순간

— 내 삶의 운명적인 순간은 언제였나?

— 내 삶을 바꾼 선택은? 그 결과는?

— 앞뒤 가리지 않고 도전했던 경험은? 결과는?

— 안타깝게 놓쳐버렸던 기회는?

— 고통에서 나를 위로한 것은? 깨달은 것은?

3. 나는 누구인가

— 나는 어떤 신념을 가진 사람인가?

— 살아오면서 내가 모범으로 삼았던 것은? (좌우명, 사람 등)

— 지금까지 이룬 것은? 이룬 것에 만족하는가?

— 나에게 행복이란 무엇인가?

— 앞으로 어떤 삶을 살고 싶은가?

이런 질문에 답해가다 보면 자신이 잘하는 것과 중시하는 것, 원하는 것을 알 수 있고, 잊고 있던 특별한 사건도 기억해낼 수 있다. 그런 사건들을 모아 시간 단위로 풀어낸 것이 스티브 잡스의 유명한 '스탠퍼드 연설'이다. 누구나 그런 이야기 서너 가지는 가지고 있다.

IGM 세계경영연구원에 근무하면서 CEO 수백 명의 가치관을 정리한 적이 있다. 인터뷰를 통해 추출했는데 늘 어린 시절 이야기로 시작했다. 그들이 어린 나이에 경험한 것, 결심한 것이 회사를 운영하는 지금까지도 작동하고 있었다. 이런 기억을 되살리는 것은 회사 경영에도 많은 도움을 준다. 단순한 지시, 강조가 아닌 자신의 경험, 스토리로 뒷받침된 이야기는 사원들에게 큰 감동을 주고 CEO를 넘어 상사를 하나의 인격체로 보게 해준다.

자신의 자질과 경험을 살려라. 당신은 그럴 자격이 있다.

다음으로 파토스다. **파토스는 감정에 대한 호소다.** 현대는 논리나 과학이 강조되는 시대라 감정보다 이성에 호소하는 게 더 설득력이 클 것처럼 느껴지지만 그렇지 않다. 대중적인 영역에서는 아직도 감정에 호소하는 게 더 큰 영향력을 발휘한다. 이는 뇌과학으로도 밝혀졌다. 사고로 뇌의 감정을 담당하는 영역이 파괴된 사람이 있었다. 그는 사리 분별이 멀쩡했지만 아무것도 하지 않으려 했다. 무언가

할 의욕 자체가 생기지 않았기 때문이다. 그래서 IQ보다 EQ가 더 중요하다는 말도 있다.

파토스를 제대로 활용하려면 청중의 심리 상태 및 성향을 잘 알아야 한다. 즉 대상자 파악을 선행해야 한다. 남자와 여자, 소년과 장년, 직장인과 사업가는 심리 상태나 호불호가 다를 수밖에 없다. 거기에 맞춰 내용을 구성해야 한다.

처음 글을 쓰는 사람은 자신이 잘 알고 있는 관심 분야를 우선하는 경우가 많다. 물론 그럴 수밖에 없다. 모르는 것, 쓰기 싫은 것을 쓸 수는 없으니까. 하지만 책이 많이 팔리기를 원한다면 독자가 원하는 것, 좋아하는 것을 주제로 삼아야 한다. 최소한 나와 독자의 교집합을 찾아야 한다.

다음으로 같은 말이라도 상대 입장에서 이해하기 쉽고 듣기 좋도록 표현해야 한다. 아직 청자보다 화자, 고객보다 회사 입장에서 표현하는 경우가 많다. 실제 예를 들어 보겠다.

회사 입장 **저희 회사는 고객 불만을 줄이기 위해 콜센터를 만들**

모든 글쓰기

었습니다. 번호는 000-0000입니다.

고객 입장 저희 제품을 쓰다가 문제가 있으면 언제든지 000-0000번으로 전화주세요. 바로 해결해드립니다.

화자 입장 내년부터 근로소득세를 내지 않는 소득 기준을 현행 0원에서 X원으로 인상키로 했다.

청자 입장 내년부터 연간 근로소득이 X원 이하인 봉급생활자는 근로소득세를 내지 않는다.

프레젠테이션은 때와 장소, 상황에 맞게 해야 한다. 두 정치가가 있었다. 선거 유세에서 한 정치가는 간결하고 또 렷하게 자기주장을 폈다. 어떤 이슈에 대해서도 상세하게 설명하지 않았고 질문도 받지 않은 채 30분 만에 연설을 끝냈다. 다른 정치가는 여러 주제에 관해 세밀하게 설명하고 질문에도 응답했다. 누가 더 청중의 호응을 받았을까? 앞의 방식을 택한 정치가의 청중이 훨씬 많았다. 앞에서 말한 정치가는 버락 오바마이고, 뒤는 힐러리 클린턴이다.

흔히 지루한 연설의 예로 '교장 선생님 훈시'를 든다. 춥든 덥든 학생들과 눈높이를 맞추지 않고 일방적으로 이야기를 길게 늘어놓기 때문이다. 이런 실수를 피하려면 듣는 사람이 처한 상황을 고려해야 한다. 평창올림픽 유치 성공은 특별한 노력 덕분이었다. 발표자들은 통역기를 끼기 싫어하는 IOC 위원들을 배려해 모두 영어 스피치를 연습했다. 배우를 초청해 손짓과 발짓, 연기까지 배웠다. 평창올림픽 유치 성공의 이면에는 이런 피나는 노력이 있었다.

그다음으로 스토리텔링을 많이 활용해야 한다. 딱딱한 강의를 들어도 이야기가 섞이면 지루함이 덜하다. 꾸벅꾸벅 졸다가도 이야기가 나오면 슬며시 눈이 떠진다. 이런 장점이 있어 대중을 상대로 한 연설일수록 스토리텔링을 활용하는 게 좋다.

설득에 성공하려면 두 개의 문을 통과해야 한다. 첫 번째 문은 '감정'의 문이고 두 번째 문은 '이성'의 문이다. 그런데 첫 번째 문이 열리지 않으면 두 번째 문도 열리지 않는다. 스토리텔링이 첫 번째 문을 여는 열쇠다. 자신의 이야기로 시작하면 효과가 더 크다. 익숙한 이야기이니 암기하지 않아도 되고 말하기도 편하다.

자기 자신의 이야기든 남의 사례든 프레젠테이션에서 도입부의 스토리텔링은 다음 세 단계로 전개한다.

1단계 사례를 이야기한다.

2단계 사례가 주는 의미를 이야기한다.

3단계 의미를 말하고자 하는 주제와 연결시킨다.

주제를 메시지나 캐치프레이즈로 정리해 반복하기도 한다. 버락 오바마의 'Yes, We Can'이 대표적인 사례다. 버락 오바마의 유명한 '시카고 연설'을 예로 살펴보자.

1단계 앤 닉슨 쿠퍼라는 흑인 할머니가 겪은 미국 100년의 역사를 소개했다. (노예 해방, 여성 참정권 등)

2단계 희생과 투쟁이 있었지만 역사가 진보한다는 의미를 부각시켰다.

3단계 국민과 함께 역사를 발전시키겠다는 주장을 'Yes, We Can'이라는 캐치프레이즈로 함축했다.

실제 발표할 때는 열정을 담아 이야기한다. "열정이야말로 세상의 어떤 스피치 법칙보다 더 큰 효과를 가져다준다." 이는 명연설가이자 스피치 교수로 유명한 데일 카네기의 말이다.

마지막으로 로고스에 관해 살펴보자. 로고스는 이성적인 영역을 다룬다. 한마디로 **로고스는 화자의 주장이 옳음을 증명하는 논증 방식을 말한다.** 따라서 논리와 밀접한 연관이 있다. 이와 관련해서는 앞에서 길게 다루었기 때문에 간단히 정리하겠다.

일반적인 프레젠테이션에서 본론을 담당하는 로고스는 아래 구성을 따른다.

1. 상황 *(현황)*

2. 문제

3. 해법 제시

이 구성은 앞에서 여러 번 다루었으니 자세한 설명은

생략하겠다.

프레젠테이션이나 연설에서 흔히 사용하는 설득 방법을 하나 더 소개하면 '유추'다. 유추는 유비추리(類比推理)의 준말로 '두 개의 사물이 비슷하다는 것을 근거로 다른 속성도 유사할 것이라 추론하는 것'을 말한다. 유추의 대표적 사례로 제너의 '종두법' 발견이 있다. 이 발견으로 인류 역사상 가장 위험한 전염병이 박멸됐다. 제너는 우연히 한 번 천연두에 걸렸다 살아난 소가 다시는 천연두에 걸리지 않는다는 사실을 알게 되었다. 소가 그렇다면 같은 포유류인 인간도 그렇지 않을까? 추측해서 소의 천연두(우두)를 희석시켜 백신을 개발했다. 이게 바로 유비추리다.

유추는 프레젠테이션이나 글쓰기에서 많이 활용한다. 청중이 알고 있는 사례에 빗대어 설명하면 쉽게 이해하기 때문이다.

아래 퀴즈를 풀어보라.

퀴즈 췌장에 수술이 불가능한 악성 종양을 가진 환자가 있다.

종양을 제거하는 유일한 방법은 강력한 레이저로 파괴하는 것이다. 그런데 문제가 있다. 이 강도로 레이저를 쏘면 종양에 도달하기까지 다른 신체 부위도 파괴된다. 반면 낮은 강도로 쏘면 다른 신체 부위는 파괴되지 않지만 종양도 제거되지 않는다. 어떻게 해야 할까?

여러 사람에게 질문했지만 답이 쉽게 나오지 않았다. 하지만 다음 힌트를 주면 70퍼센트 이상의 사람이 답을 찾아냈다.

힌트 독재자가 지배하는 성을 탈환해야 한다. 성까지 가는 길은 여러 갈래가 있는데 좁아서 많은 병력이 지나다 협공을 당하면 몰살하기 쉽다. 적은 병력은 엄폐물을 이용해 지날 수 있지만 소수의 병력으로는 성을 탈환할 수 없다. 어떻게 해야 할까 고민하던 장군은 여러 갈래 길로 적은 병력을 보내 한날한시에 성 앞에 집결시킨 다음 대군으로 성을 탈환했다.

이상하게 힌트를 들으면 종양 제거 방법이 떠오른다.

방법은 여러 방향에서 신체가 손상되지 않을 강도로 레이저를 쏴서 종양을 제거하는 것이다. 결국 성 탈환과 종양 제거 방법은 같고, 이게 유추의 힘이다.

논리, 논증이 어렵다면 유추를 활용해보라. 상대가 쉽게 이해하는 사례를 들어 설명하면 설득력이 높아진다.

13
글쓰기의 원천은
나 자신이다

회사를 10년 다닌 후에야 내가 원하는 길이 회사원이 아니라는 것을 알았다. 지역전문가로 일본에 파견 나가 있을 때였다. 오랜 고민 끝에 내 꿈이 작가라는 것을 깨달았다. '이 나이에 작가가 될 수 있을까' 의구심이 들었지만 늦은 나이에 시작한 사람이 의외로 많았다. 한국에서는 박완서가 40세에, 미국에서는 펄벅이 39세에 첫 책을 출간했다. 초보 작가가 쓴 책이 베스트셀러나 걸작이 된 경우도 많았다. 에밀리 브론테의 『폭풍의 언덕』, 마가렛 미첼의 『바람과 함께 사라지다』, 하퍼 리의 『앵무새 죽이기』, 최근에는 조앤 K 롤링의 『해리 포터』…. 나는 작가가 되기로 결심했다.

다음 고민은 '어떻게 해야 작가가 될 수 있는가'였다. 작가이자 출판사를 운영하는 선배에게 전화를 걸어 물어보았다.

"형, 어떻게 하면 작가가 될 수 있어요?"

"작가?"

"네, 소설가. 어떻게 해야 소설가가 될 수 있냐고?"

그때까지 내가 생각하는 작가는 시인, 소설가뿐이었다.

"너 회사 다니잖아?"

"회사는 다닐 거고…. 어떻게 하면 소설가가 될 수 있는지 알려줘."

잠시 침묵하던 선배가 대답했다.

"장편소설 두 편이나 단편소설 20편을 쓰면 작가가 될 수 있어."

선배는 지혜롭게도 내 눈높이에 맞춰 대답했다.

이제 선택지는 두 가지로 좁혀졌다. 나는 장편과 단편 중 어느 것이 더 나을지 따져보았다. 처음부터 장편은 무리

일 듯싶어 단편 20편을 쓰기로 결심했다.

한 편이 끝나면 다음 편으로…. 나는 회사 문서를 처리하듯 계속 단편소설을 써나갔다. 그러다 신기한 걸 경험했다. 글을 쓰고 있는데 나도 모르게 눈물이 터져 나왔다. 같은 방 친구가 놀라 왜 우냐고 물었지만 대답할 수 없었다. 나도 내가 왜 우는지 몰랐으니까. 더구나 쓰고 있던 소설은 내 이야기도 아니었다.

오랜 시간이 흐른 지금 그때 왜 울었는지 안다. 소설을 포함해 대부분의 글은 자기감정이 반영된다. 사건 흐름은 객관적으로 묘사하더라도 인물의 감정은 작가 자신에게서 나온다. 단적으로 말해 소설 속 모든 인물은 작가의 분신이고, 모든 행동은 작가가 겪은 경험의 변용이다.

단편소설 20편을 다 쓴 후 다니던 회사를 그만두고 본격적으로 글을 쓰기 시작했다. 그리고 다섯 권의 책을 출간했다. 그 무렵 서울대 국어교육과에서 연락이 왔다. 스토리텔링을 연구하는 모임인데 와서 발표해달라고 했다. 스토리텔링? 수많은 소설과 글쓰기 책을 읽었고 출간도 했지만 발표하려니 막연했다. 고민하다 나는 내 생각과 경험을 정

모든 글쓰기

리해 말했다. 발표가 끝나자 조교가 이렇게 말했다.

"글쓰기까지의 과정이 더 흥미로웠습니다."

그 경험은 나에게 두 가지를 결심하게 했다. 첫째, 지금까지 글쓰기를 하면서 겪은 체험을 정리하겠다. 둘째, 일반인들도 이해하기 쉬운 글쓰기 책을 쓰겠다.

그 후 A4 124페이지 분량으로 『삼성에서 작가 되기』란 원고를 썼다. 주제를 일관되게 몰고 나가기 위해 글쓰기와 관련한 체험만 담았다. '글쓰기 기법'에 관심 있는 출판사는 많았지만 '글쓰기 체험'에는 관심이 없어 아직 원고 형태로 남아있다. 일부 내용을 여기 소개한다.

● 인천, 달동네 박물관

길은 내팽개친 허리띠 같다. 구부러지고 해지고 곳곳이 패여 구멍이 숨어있다. 한참을 내려가면 어둠이 끝나고 재잘거리는 소리와 함께 빛이 비친다. 크리스마스캐럴, 연인들 웃음소리, 눈웃음치듯 반짝이는 불빛, 사람들의 물결 속에 섞여 걸어 다니면 즐겁다. 미림극장, 도깨비시장, 동인천역, 신포동 커피숍

거리, 지하상가 인파를 따라 서너 시간 흘러 다니다 마지못해 돌아선다.

어두운 하늘을 배경으로 겨우 윤곽이 보이는 산동네, 성냥갑을 쌓아놓은 것처럼 다닥다닥 붙어있는 집들, 홍시 같은 백열등 불빛이 간간이 흘러나오는 곳, 거기 일곱 명이 함께 눕는 방 하나가 있다.

● 공고, 인문계 열망

교회 분위기도 달라졌다. 여학생들은 새로 바뀐 검정, 자주, 녹색 교복을 맵시 있게 차려입고 나왔다. 중학생 때와 달리 여성스러움이 물씬 풍겼다. 여자애들은 특수학교에 입학한 민철이를 선망의 눈으로 바라봤고 곁을 맴돌았다. 한 귀퉁이에 앉아 그런 모습을 바라보던 나는 점점 교회를 멀리했다. 엄마 몸에서 나던 호떡 기름 냄새처럼 내 몸에서도 기름 냄새가 났다.

● 자퇴, 소설 읽기

나 빼고는 모두 학교에 다녀 함께 놀 친구도 없고 마냥 놀기에는 엄마 볼 면목이 없어 나는 닥치는 대로 책을 읽었다. 낮에는 시립도서관에 가서, 밤에는 하나뿐인 흙바닥 부엌에 돗자리를 깔고 밥상을 펴놓고 읽었다. 눈 나빠진다며 엄마가 30촉 백열등을 40촉으로 바꿨지만 전기세 많이 나온다고 타박하는 주인집 아주머니 때문에 다시 갈아야 했다.

그러다 『데미안』이라는 소설책을 만났다. 『데미안』은 첫 구절부터 나를 사로잡았다.

"내 속에서 솟아 나오려는 것, 바로 그것을 나는 살아보려 했다. 왜 그것이 그토록 어려웠을까."

● 서울대 입학, 운동권

1학기가 끝나자 성적표가 날아왔다. 알파벳으로 점수가 적혀 알아보지 못했는데 맨 아래 석차를 보니 반에서 꼴찌였다. 이어 붉은 줄을 친 '학사 경고장'이 날아왔고 엄마가 받았다.

2학기 때는 사정이 더 안 좋았다. 영등포에서 시위하다 끌려가 경찰서에 사흘을 잡혀 있었다. 선배들이 미리 알려준 대로 진술하고 겨우 빠져나왔다. 변명거리를 마련해 집에 들어서는데 엄마가 신발도 신지 않은 채 통곡하며 뛰어나와 나를 끌어안았다. 모르는 사람이 와서 그간의 사정을 다 알려주고 은근히 협박까지 하고 갔단다.

"어떻게 들어간 대학인데….."

엄마가 울면서 다시는 데모하지 않겠다고 약속하라고 했다.

● 삼성 입사, 지역전문가

끝으로 작가라는 직업이 떠올랐다. 어린 시절의 꿈이자 나이 들어서도 할 수 있는 일이었다. 마음에 들었지만 어떻게 해야 할 수 있을까? 물음표가 따라붙었다. 소설은 내게 상처이자 두려움으로 남아있었다. 회사 다니며 이런저런 잡문을 썼지만 전문 작가는 차원이 다른 문제였다. 소설책을 넘겨가며 며칠 동안 고민했다. '할 수 있을까'라는 질문이 '이 나이에 시작해도 늦지 않을까'로 바뀌었다.

● 삼성에서 작가 되기

모든 글쓰기

책은 호응이 좋았다. 일곱 군데 신문에 실렸고, 온라인 판매 4위에 올랐다. 다른 회사에서 교재로 사용한다는 소문도 돌았다. 두 군데서 인터뷰 요청이 왔고, 다른 회사 사보에도 실렸다. 많이 팔렸지만 인세는 받지 못했다. 온갖 핑계를 대면서 사장이 인세를 미뤘고, 나중에는 노골적으로 무명작가의 글을 책으로 만들어준 것만으로도 됐지 않느냐는 태도를 보였다.

돈은 받지 못했지만 대신 많은 것을 얻었다. 책을 출판한 후 '저자'라는 타이틀을 달았고, 신문을 통해 이름도 알렸다. 책으로 낼 만한 글을 쓸 수 있다는, 계속 글을 써도 된다는 자신감을 얻은 게 가장 큰 소득이었다.

● 삼성 퇴사, 전업 작가

"지점장 보내주겠다. 대신 더는 글을 쓰지 마라."

그 말을 듣는 순간 감정이 복받쳐 올랐다.

"제가 글을 쓴다고 회사 일을 하지 못했습니까, 등한시했습니까? 주말에, 내 시간에, 내가 알아서 쓰는데 왜 글을 쓰지 말라고 하십니까?"

"생각해봐. 지점 직원이 수십 명이고 설계사까지 합치면 수백 명이다. 모두 지점장이 돌봐야 할 사람들이야. 지점 일에 전심 전력을 쏟아도 모자랄 판에 다른 데 한눈팔면 안 되잖아."

일리가 있었지만 본부장이 모르는 게 있었다. 글은 내가 낳은 아이와 같다. 자기 자식을 팔아 직함을 사는 사람은 없다.

"지점장 안 나가면 안 나갔지 글을 포기할 수는 없습니다."

● IGM 입사, 책으로 연결된 직업

그렇게 1년 정도 지날 무렵 교수로 입사하라고 연락이 왔다. 처음에는 거절했다. 두 가지 이유에서였다. 하나는 삼성에서 퇴사할 때 남의 지시대로 움직여야 하는 회사 생활을 하지 않겠다 결심했고, 다른 하나는 글 쓰는 시간을 확보하고 싶어서였다. 거절하자 그러면 오후에만 출근하라고 했다.

고민 끝에 입사하기로 했다. 교육 회사라 배우는 게 많았고 삼성보다 시간 운용이 자유로웠기 때문이다. 돈이 없으면 돈벌이를 찾아다니느라 글을 쓸 수 있는 시간적, 감정적 여유도 사라진다. 나는 차선을 선택했고 다시 회사 생활이 시작됐다.

● 작가를 돕는 사업가

내 비즈니스 모델은 '린 스타트업'과 '크라우드펀딩'을 합친 출판 플랫폼이다. 크라우드펀딩 회사는 국내에도 많지만 다양한 상품을 다룬다. 내가 만든 (북펀딩)은 책에만 초점을 맞췄다. 작가들의 연평균 수입은 213만 원이다. 1퍼센트도 안 되는 유명 작가가 아니라면 겸업이 필수고 나 또한 그 고통을 겪었다. 회사를 다니다 글을 쓴 나처럼 일반인 중 작가를 발굴해 출판을 지원할 생각이다.

요새는 '자서전 쓰기'를 강의한다. 강사 소개를 대신해 위 내용을 보여주면 글쓰기를 덜 부담스러워하고 '나도 쓸 수 있겠다'는 자신감을 갖게 하는 효과가 있었다.

'사람은 자기 이야기를 들어주는 사람을 좋아한다'는 말이 있다. 누구나 자신이 고유하고 자신이 겪은 경험이 특별하다 생각한다. 기회만 되면 자신의 이야기를 하고 싶어하는데 자서전 쓰기가 바로 그 기회다.

여러 책을 참고하고 내가 글을 쓴 과정을 반추해 과정

을 기획했다. 자서전 쓰기는 질문으로 시작한다. 질문에 대답하며 기억을 떠올려 주요 사건을 추출한 다음 상세하게 쓰고 다듬는다.

아래는 은행 지점장 글쓰기 과정에서 제시한 질문이다.

1. 유년 시절

– 영향을 받은 사람. *(부모님, 선생님, 친구)*

– 어린 시절 형성된 가치관.

2. 회사 입사

– 입사 계기 및 초심. *(꿈)*

– 기억에 떠오르는 풍경, 사람.

3. 사원 때 맡은 일과 기억

– 맡은 일과 어려웠던 점 또는 기억에 남는 사건.

– 어떤 마음으로 어떻게 어려움을 극복했나?

4. 큰 변화를 가져왔던 일, 사건

– 어떤 일, 사건이었나?

– 어떤 점이 충격적이었나, 또는 인상에 남았나?

– 그 사건을 계기로 내게 어떤 변화가 있었나?

5. 관리자로서의 활동

– 담당 부서 및 사원 때와 달라진 점.

– 기억에 남는 성공, 보람.

– 내가 이룬 것 또는 보완하고 싶은 것. (보완했어야 했던 것)

6. 앞뒤 가리지 않고 도전했던 경험과 결과

– 도전했던 이유.

– 전개 과정 및 결과, 배운 점.

7. 지금 내가 원하고 사랑하는 것

– 내가 사랑하는 사람들, 좋아하는 취미.

– 내가 꿈꾸는 것, 앞으로의 계획.

8. 동료들과 나누고 싶은 내 생각

지점장이 겪은 귀중한 경험을 후배들에게 전수하자는 취지에서 만든 과정이지만 처음부터 그런 내용을 쓰라고 하면 잘 써지지 않을뿐더러 글이 딱딱해진다. 이야기 형식이 아니면 읽는 사람도 세부 사항이나 감정을 이해하기 어려워 써놓고도 외면당하기 쉽다.

질문을 통해 기억을 되살리는 방식으로 글을 쓰게 하니 처음에는 불만도 있었고 어려움도 호소했지만 나는 이 방식의 장점과 '책 출간의 이점'을 소개하며 다독였다.

책을 출간하면 어떤 점이 좋을까?

먼저 회사 차원에서 생각해보자. 책 자체 이미지가 좋기 때문에 회사를 소개한 책을 출간하면 브랜드 이미지가 향상된다. 그리고 책은 지적 소산물이기에 전문성, 신뢰도도 높아진다. 한마디로 회사 및 브랜드 홍보 효과가 크다. 『오케이아웃도어닷컴에 OK는 없다』라는 책을 낸 장성덕 대표는 책이 20만 부 이상 팔려 브랜드가 널리 알려지면서 회사가 급성장했다. 『육일약국 갑시다』라는 책을 낸 김성오 약사는 책이 알려지며 4.5평 건물이 랜드마크가 되었고, 이후 영남산업 대표, 메가넥스트 대표이사로 변신하는 계기가 되었다. 이런 흐름은 최근에도 계속되고 있다. '트레블러스 하이'는 SNS를 통해 가방을 만든 사연이 알려지면서 크라우드펀딩으로만 2억 1,000만 원의 후원금을 모았다. 회사 내적으로도 유용한 점이 많다. 신입 사원 채용 및 교육 자료로도 쓸 수 있고, 선물이나 판촉물로도 활용할 수 있다. 이건 누구나 마찬가지다. 개인 사업가든 강사든 분야를 불문하고 프리랜서라면 누구나 책을 낸 후 이같은 효과를 거둘 수 있다.

개인 차원에서 유용한 점도 살펴보자. 나 자신 내가 쓴 책이 알려지면서 IGM 세계경영연구원에서 강의하게 되었고, 그게 인연이 되어 교수로 취업했다. 언제부턴가 스펙 쌓기에 열중하는 사람들이 많은데, 책을 내면 그 분야의 전문가로 인정받는다. 회사원도 좋은 점이 있다. 내가 회사 다닐 때 글을 잘 쓰는 분이 있었는데 임원까지 승진했고, 사장이 다른 계열사로 갈 때 그분을 데려갔다. 글은 바로 사장의 얼굴이기 때문이다.

글쓰기 능력이 뛰어나면 겸업을 할 수 있고, 퇴사 후에 다른 직업을 찾기도 쉽다. 『나도 회사 다니는 동안 책 한 권

써볼까?』를 쓴 민성식 작가는 부동산 회사에 근무하면서 책을 냈다. 책 출판을 계기로 강의를 하게 됐고 그 분야의 전문가로 인정받고 있다. 큰 수익을 올린 사람도 많다. 『해리 포터』 시리즈를 쓴 조앤 K 롤링, 『그레이의 50가지 그림자』를 쓴 E. L. 제임스, 『꿈꾸는 다락방』을 쓴 이지성….

글쓰기는 리더의 영향력도 높여준다. 미셸 오바마의 전당대회 연설은 미국 정치 역사상 최고의 연설로 꼽힌다. 그녀는 자신의 어린 시절 이야기로 시작했다.

제 아버지는 시 수도국의 펌프 운전기사였습니다. 동생과 제가 어렸을 때 아버지는 다발성 경화증이라는 병을 얻었습니다. 저는 아직 어린아이였지만 아버지가 고통으로 힘들어하는 나날이 많았음을 알고 있었습니다. 아주 많은 날들을 아버지는 그저 자리에서 일어나는 것만으로도 고통스러워했습니다. 하지만 매일 아침 아버지가 미소 지으며 일어나서 욕실 세면대에 의지해 천천히 면도하고 제복 입는 것을 보았습니다. 그리고 그 장시간의 작업을 마치고 아버지가 귀가할 때 저와 동생은 우리

작은 아파트 계단 맨 위에서 참을성 있게 아버지를 기다렸습니다. 한 발 한 발 계단을 힘겹게 올라와 저희를 안아주실 때까지….

미셸은 이야기를 '오바마 케어'의 필요성으로 연결시킨다. 이 위대한 웅변에서 미셸은 자전적 경험을 스토리텔링으로 풀어냈고, 이는 청중의 감동을 자아냈다. 이처럼 스토리텔링은 소설뿐 아니라 실용적인 영역에서도 큰 힘을 발휘한다. 자서전이나 논픽션 역시 실화에 바탕을 둔 내용이라는 점만 다를 뿐 글 쓰는 법은 같다. 퓰리처상 심사위원 잭 하트는 『논픽션 쓰기』라는 책 서문에서 이렇게 말했다.

배경을 설정하고, 캐릭터를 형상화하고, 플롯을 설계하는 원칙은 어느 매체든 비슷하다. 신문과 잡지에 싣는 논픽션 내러티브 편집에 잔뼈가 굵은 나는 이 두 매체에 동일하게 적용되는 원칙을 많이 알고 있었다. 그런데 방송용 스토리텔링 역시 다르지 않았다. 신문 연재물이든, 라디오 다큐멘터리든, 잡지 기사, 책, 영화, 인터넷 게시물이든 하나같이 주인공을 갈등에 빠

뜨리는 흥미진진한 심리적 시련이 캐릭터를 생생하게 살아나
도록 한다.

지점장 과정에서도 소설 작법을 가르쳤다. 결과부터 말
하자면 과정은 성공적으로 끝났고 책도 출간했다. 과정을
마친 소감을 일부만 소개하겠다.

– 글쓰기 공부도 되고, 은행 생활을 되돌아보고, 글로 정리해
보는 기회도 되어 유익하고 즐거웠다.
– 너무 좋은 시간 아쉽습니다. 지난 세월 돌아보면서 눈물도
많이 흘렸습니다.
– 매우 의미 있는 시간이었습니다. 은행 생활을 돌아보고 저
자신을 알아가는 시간이었습니다. 앞으로의 삶에 대한 방향도
정할 수 있었습니다.

다음 장에서는 '소설 작법'에 대해 알아보겠다.

14
소설 쓰기도 비즈니스 글쓰기와
다르지 않다

소설에 여러 장르가 있지만 스토리 전개 방법은 크게 미스터리와 서스펜스 두 가지다.

미스터리는 신비와 공포가 큰 역할을 하는 소설을 말한다. 대표적으로 추리소설이 여기 속한다. 추리소설은 신비로운 수수께끼에 도전하여 논리적으로 문제를 풀어가는 소설이다. 에드거 앨런 포로 시작해 아가사 크리스티가 꽃을 피웠다.

비즈니스 글쓰기와 비교할 때 추리소설은 '문제 해결형 기획서'와 유사하다. 먼저 살인 사건 등 문제가 발생하고 이유와 범행 방법을 찾아가는 전개 방식이 비슷하기 때문이다. 시간순으로는 현재에서 과거로 진행된다. 이미 발생한 사건이나 문제의 원인이 과거에 있기 때문이다.

추리 방법으로는 주로 '가추법'을 사용한다. 가추법은 연역법, 귀납법에 이어 최근 각광받고 있는 추리 방식이다. 가추법의 논리 전개 방식을 연역법, 귀납법과 비교하면 아래와 같다.

연역법

법칙 *이 주머니에서 나온 콩들은 모두 하얗다.*

사례 *이 콩들은 이 주머니에서 나왔다.*

결론 *이 콩은 하얗다.*

귀납법

법칙 *이 콩들은 이 주머니에서 나왔다.*

사례 *이 콩들은 하얗다.*

결론 *이 주머니에서 나온 콩들은 모두 하얗다.*

모든 글쓰기

가추법

법칙 *이 주머니에서 나온 콩들은 모두 하얗다.*

사례 *이 콩들은 하얗다.*

결론 *이 콩들은 이 주머니에서 나왔다.*

가추법의 단점은 연역법처럼 '진리 보존적'이 아니라 '개연적'이라는 점이다. 달리 말해 그럴 가능성은 있지만 아닐 수도 있다. 위 사례만 보더라도 콩이 주머니에서 나왔을 수도 있지만 다른 데서 왔을 수도 있다. 하지만 장점이 있다. 귀납법처럼 많은 실험을 거치지 않고도 진리를 추리할 수 있다.

가추법으로 유명한 발견을 한 사례가 있다. 산꼭대기에서 조개껍질 화석이 발견됐다. 원시인이 바다에서 잡은 조개를 가져와 먹었다는 등 여러 추측이 무성했지만 발견자는 '혹시 예전에 여기가 바다가 아니었을까'라고 추리했다. 그리고 이 가설을 증명하기 위해 산 여기저기를 파헤쳐보았다. 그의 추리대로 조개껍질 외에 다양한 해저생물 화석이 나왔다. 이렇게 해서 '해저 융기설'이 입증됐다.

유명한 탐정 셜록 홈즈도 가추법을 애용했다. 『네 개의
서명』에서 홈즈는 친구 왓슨이 우체국에 갔다는 사실을 알
아채 왓슨을 놀라게 한다. 이유를 묻는 왓슨에게 이렇게 대
답한다.

"위그모어가 우체국 건너편에는 요즘 도로공사를 하느
라 길을 파헤쳐놓아서 흙이 드러났지. 그 흙을 밟지 않고
우체국에 들어가기는 어려워. 그리고 그토록 유난히 붉은
황토는 내가 알기로 이 근방에서 거기 말고는 없네."

작위적이라 생각하는 사람도 있겠지만 요즘 같이 복잡
한 세상에서는 꽤 유용한 방법이다. 실제 회사 문제도 가추
법을 활용해 해결하는 경우가 대부분이다. 예컨대 어떤 문
제의 원인을 찾는다고 하자. 우리는 먼저 원인이라고 생각
하는 것들을 나열한다. 그다음 가설을 세우고 실험을 통해
진짜 원인을 밝혀간다. 바로 이 방법이 추리소설을 전개하
는 방식이다.

서스펜스는 줄거리의 전개가 독자에게 불안감과 긴박
감을 주는 소설 기법을 말한다. 서스펜스의 거장 알프레드

히치콕 감독은 "관객은 어떤 나쁜 일이 일어날 것이라고 기대하고 있으나 그 상황이 일어나는 것을 막기 위해 개입할 수 없을 때 서스펜스를 경험한다"고 말했다. 예를 들어 범인 A가 주인공 B를 살해하려고 한다. 이때 관객이 A가 B를 죽이려 한다는 것을 알면 서스펜스가 되고 결말에 이르러서야 A가 B를 죽인 것을 알게 되면 미스터리가 된다.

이런 점에서 서스펜스는 비즈니스 글쓰기에서 '개발형 기획서'와 유사하다. 목적(범인과 대결해서 승리)은 알고 있지만 그것을 이루는 방법은 개척해야 하기 때문이다. 시간순으로는 현재에서 미래로 진행되는 것도 비슷하다.

최근 소설이나 드라마는 초반에는 미스터리로 시작해 중반으로 넘어가면서 서스펜스로 전환한다. 초반에는 이유를 알아야 하기 때문에 미스터리 기법을 사용하고, 이유를 안 후에는 주인공의 분투나 목표 달성 등 결과가 중요하기 때문이다.

이 밖에도 비즈니스 글쓰기와 소설 쓰기의 유사점은 많다. 가장 큰 공통점은 과학처럼 인과론을 따른다는 점이다. 즉 양쪽 모두 어떤 원인이 있어 결과가 발생한다고 생각한다. 소설 플롯은 인과를 따라 이야기를 전개한다. 그래서 이유를 알 수 있다.

시간순

왕이 죽었다. 그리고 왕비가 죽었다.

인과순

왕이 죽었다. 비탄에 빠진 왕비가 자살했다.

다음으로 근거를 들어야 한다는 점이 같다. 주인공이 왜 그런 목표를 추구하는지 제시해야 한다. 가족 때문인지, 개인의 욕망 때문인지 근거를 대야 독자가 받아들인다. 비즈니스 글쓰기에서 근거는 객관적인 자료지만 소설에서의 근거는 사건, 심리 등이다. 소설은 사실보다 진실을 추구하고, 정보 제공보다는 경험과 감정을 전달하는 데 더 큰 목적을 두기 때문이다. 이런 소설의 특징을 한 작가는 이렇게 정의했다.

"스토리의 목적은 우리에게 성공적인 삶의 비결을 알려주는 것이다. 어떤 가치관이 실패에 이르게 하는지, 어떤 습관과 시각이 성공 가능성을 높여주는지."

소설의 3요소를 알면 이런 특징을 더 잘 이해할 수 있다. 소설의 3요소는 인물, 갈등, 플롯이다.

하나하나 살펴보자.

먼저 **인물**이다. 소설은 사람 이야기다. 이야기가 매력적인 것은 다른 사람을 통해 사는 법을 배울 수 있기 때문이다. 그래서 이야기는 논문과 달리 이성보다 감정, 논리보다 행동을 앞세운다. 실제 사람 사는 모습이 그렇기 때문이다.

따라서 소설을 쓰려면 먼저 인물을 만들어야 한다. 기억 속 인물을 불러내거나 변형하거나 새로 만들어도 좋다. 인상 깊게 본 영화나 드라마의 주인공을 모방하는 것도 한 방법이다. 만드는 기준은 하나다. 좋은 쪽이든 나쁜 쪽이든 이야기에 영향을 미치는 사람이어야 한다.

특히 주인공이 중요하다. 독자에게 감정을 불러일으키는 인물이자 이야기를 진행시키는 주체이기 때문이다. 독자는 주인공의 마음에 감정 이입해 그의 눈을 통해 사건을 바라보고 해석한다. 따라서 주인공은 우리에게 공감을 불러일으키는 매력적인 사람이어야 한다. 공감하지 못하거나 매력적이지 않으면 계속 읽지 않는다. 따라서 좋은 주인공은 이런 특징을 가지고 있다.

동일시 우리와 닮은 면이 있다.

공감 신체적, 심리적 위험과 역경을 겪거나 연약한 부분이 있다.

호감 재치가 있고 사람을 배려한다.

내적 갈등 주인공의 내면에서 싸움을 벌이는 갈등이 있다.

이런 특징 때문에 주인공은 입체적인 캐릭터여야 한다. 항상 밝거나 항상 어두운 캐릭터는 심심하다. 다면적이면서 변화의 여지가 있어야 한다. 요즘은 '반영웅(反英雄)'이 각광받고 있다. 반영웅은 전통적인 주인공과는 달리 나약하고 소외된 인물로 타락한 사회에서 개인적인 윤리나 고결성 때문에 고통과 갈등을 겪는 인물이다. 사실 이런 인물이 실제 인간에 가깝다. 정도의 차이는 있지만 누구나 어둡고 약한 면이 있다. 그래서 공감을 일으킨다.

더불어 주인공에게 욕망이 있어야 한다. 바라는 바가 없으면 시련이나 장애도 없어 이야기가 나아가지 않는다. 성공을 꿈꾸든 사랑을 꿈꾸든 목표가 분명해야 한다.

다음으로 **갈등**이다. 주인공이 욕망(바람)을 이루기 위해 어떤 행동을 할 때 스토리가 시작된다. 욕망이 쉽게 이루어지는 이야기는 사람들의 흥미를 끌 수 없다. '재벌 아들로 태어나 어려움 없이 사랑하는 여자와 결혼해 잘 먹고 잘 살았다'는 식의 이야기에 누가 관심을 갖겠는가. 따라서 욕망을 방해하는 시련이나 장애가 있어야 하고, 바로 이 때문에 갈등이 시작된다. 사랑은 쉽게 이루어지지 않고, 사업은 경쟁자가 등장해 망해가고, 가족은 해체되기 직전이고….

이런 내용이라야 관심을 끌 수 있고 시련, 장애를 극복해가는 주인공의 모습에서 바람직한 태도, 가치관, 지혜를 배울 수 있다. 초보자일수록 어두운 이야기를 쓰고 싶어 하지 않는데 주인공을 벼랑으로 떨어뜨린 다음 잡고 있는 밧줄까지 끊어야 소설이 산다. 이게 바로 갈등의 역할이다.

갈등에는 두 종류가 있다. 하나는 '내적 갈등'이다. 즉 인물이 자신의 내면과 싸우는 모습이다. 첫사랑의 배신으로 여자를 믿지 못하는 남주인공이 다시 사랑을 시작할 때 이런 갈등이 생긴다. 다음으로 '외적 갈등'이 있다. 주인공을 위협하는 악당이나 경쟁자가 등장하거나, 주인공이 속한 집단 또는 회사에서 불공정한 일을 당하거나, 갑자기 자연 재해가 몰아치는 등의 시련이 닥쳤을 때 외적 갈등이 발생한다. 내적, 외적 갈등이 한꺼번에 휘몰아칠 수도 있다. 주인공은 이런 갈등들과 맞서 싸워야 한다. 감정적으로는 트라우마를 극복해야 하고, 악당과의 싸움에서는 이기도록 노력해야 한다. 이런 행동의 연속이 스토리다.

세 번째 요소인 **플롯(Plot)**을 살펴보자. 플롯을 영어사전에서 찾아보면 '소설, 영화 등의 구성'이라고 설명하지만 원뜻은 '음모, 기획'이다. 단순한 나열이나 시간순 전개는 독자의 관심을 지속적으로 유지하기 어렵다. 극적 효과를 높이도록 기획해야 한다.

플롯은 오랫동안 연구돼왔다. 아리스토텔레스는 시

작 – 중간 – 끝의 3막 구조를 제시했고, 현대의 시나리오 작가인 사이드 필드는 이를 다듬어 설정 – 대립 – 해결로 정리했다. 가운데 대립 부분이 길어서 요즘은 두 단계로 나눠 4막으로 구성한다.

1막에서는 배경, 등장인물을 소개하고

2막에서는 문제(악당, 경쟁자)가 나타나 갈등이 시작된다.

3막에서는 문제의 근본 원인과 적대자의 정체를 알게 되고

4막에서는 해피엔딩 또는 새드엔딩으로 끝을 맺는다.

막이 전환될 때 발생하는 극적인 사건 또는 장면을 플롯 포인트라고 한다. 따라서 4막에는 세 개의 플롯 포인트가 있다.

인물을 중심으로 플롯을 구성할 수도 있다.

1. 주인공은 욕망 또는 목표가 있다. (예, 가족을 지킨다)

2. 문제 또는 장애가 발생한다.

3. 갈등하고 대립한다.

4. 투쟁하다가 결말을 맺는다. *(해피엔딩 또는 새드엔딩)*

대표적인 흐름을 언급했을 뿐 플롯은 여러 가지가 있다. 또 규범처럼 반드시 따라야 하는 것도 아니다. 다만 처음 쓸 때는 기본에 충실한 게 좋다. 오랜 연구, 여러 실험 끝에 효과가 입증된 구조이기 때문이다. 기본을 알아야 변주도 가능하다.

이런 플롯 구조를 표로 정리하면 우측 표와 같다.

마지막으로 스토리 구성 방법을 알아보자. 스토리를 구성하는 방법에는 두 가지가 있다. 콘셉트 또는 주제다.

콘셉트는 이야기 아이디어에서 출발한다. 작은 아이디어가 인물, 갈등, 목표, 문제와 어우러져 구체성을 갖추면 콘셉트가 된다. 갈등과 목표를 찾으려면 앞 비즈니스 글쓰기에서 소개한 '5Why 기법'을 활용하면 된다. 예를 들어 '주인공은 왜 괴로워하는가?' '괴로움을 해결하려면 어떻게 해야 하는가?' '그런데 어떤 시련이 닥치는가?' '그 시련

막	주인공(태도)	목표
발단(기)	설정 / 천진난만	• 시간, 공간 등 배경 설정 • 인물 소개 및 욕망(바람) 소개 • 적수, 장애물, 위험요소 등장 플롯 포인트 **사건(갈등) 발생**
전개(승)	반응 / 방랑자 (문제 / 욕망 ⇨ 목표)	• 갈등이 만들어낸 새로운 사건에 반응 • 헛된 시도의 반복 • 새로운 정보를 얻음(스승 등) 플롯 포인트 **문제의 원인을 깨달음**
대립(전)	공격 / 전사 (내적 해결 ⇨ 외적 해결)	• **내면의 심리적인 장벽을 극복함** • 문제를 해결할 계획을 세움 • 적수, 장애물을 공격함 플롯 포인트 **마지막 정보 또는 극적 사건**
결말(결)	해결 / 순교자	• 모험의 가속화 ⇨ 클라이맥스 • 영웅적인 모습을 보임 • 문제를 해결하고 목표를 달성함

은 왜 생기는가?' 스스로 이런 질문을 하고 답하면서 전체 스토리를 구성해간다. 이미 구상한 이야기가 있으면 발전 시켜도 좋다. 만약 아이디어가 없다면 평소 즐겨 읽고 좋아 하던 장르나 영화를 떠올려 그 이야기들을 변형시키거나 융합해보라. 모방은 창조의 어머니다. 예를 들어 다음과 같

은 질문을 던져보자.

1. 내가 들은 가장 강렬하거나 인상 깊은 이야기는?
2. 알고 있는 이야기를 변형해보자. (예, 방자전)
3. 내가 즐겨 읽는 책은 어떤 것인가? 익숙한 장르의 이야기
   를 구상해보자.

주제는 이야기가 전하고자 하는 의미이다. 예를 들어
'힘든 시간을 보낸 사람이 삶에서 얻는 교훈' 등을 말한다.
주제는 작가의 신념이나 가치관에서 나온다. 하지만 주제
를 노골적으로 드러내면 설교나 선전으로 전락하기 쉽다.
독자는 훈계를 싫어한다. 이야기 속에 자연스럽게 녹여 스
스로 느끼게 해야 한다. 자신의 신념, 가치관을 알고 싶다
면 다음 질문에 답해보라.

1. 좌우명이나 좋아하는 명언은 무엇인가?
2. 사람들에게 전하고 싶은 메시지는 무엇인가?
3. 내가 생각하는 '성공적인 삶의 비결'은 무엇인가?

모든 글쓰기

4. 어떤 메시지를 전해 독자를 위로하고 싶은가?

5. 어떤 메시지로 독자를 놀라게 하고 싶은가?

작가 역시 두 부류로 나뉜다. 이야기 줄거리를 먼저 구상하고 글을 쓰는 사람이 있는가 하면, 페미니즘 등 사람들에게 전하고 싶은 주제를 정해놓고 구상을 시작하는 사람도 있다. 자신에게 맞는 방법을 택하면 된다.

Ⅲ부

표
현

설명과 묘사의 차이는 무엇일까? 설명은 머리로, 생각으로 이해시키지만 묘사는 감각으로 받아들이게 한다. 즉 오감을 활용한다. 위 묘사 예문을 찬찬히 살펴보면 시각과 후각을 다양하게 사용함을 알 수 있다. '보여주기'는 시각이라는 감각 기관에 비춘 대상을 나타내는 것이다. 시각 외에 다른 감각도 활용할 수 있다. 청각, 촉각, 후각, 미각이다.

15
서사, 묘사, 대화의 차이를 알아야 다양한 글을 쓸 수 있다

　글쓰기에는 서사 외에 묘사, 대화 등 다양한 표현 방법이 있다. 이 모든 방법을 적절히 섞어 사용해야 생동감이 느껴지고 독자도 흥미를 잃지 않는다. 안타깝게도 처음 쓰는 사람은 묘사와 대화를 잘 쓰지 못한다.

　"말하듯 쓰시고 양쪽에 큰따옴표만 붙이면 돼요."

　독려해도 쉽게 도전하지 못한다. 써본 적이 없어 생소하기 때문이다.

　『미움받을 용기』는 딱딱한 심리학 서적이지만 전부 대화체로 썼다. 대화체를 사용함으로써 읽기 쉽고 가까이하기 쉬운 글로 바뀌었고 베스트셀러가 됐다. 이처럼 글쓰기는 논리도 중요하지만 수사, 표현 방법도 큰 역할을 한다.

먼저 서사와 묘사의 차이를 알아보자.

서사는 '어떤 이야기를 시간 흐름이나 공간 변화에 따라 서술'하는 것이다. 당연히 시간과 공간이라는 배경이 나타나야 하고 거기에 인물도 있어야 한다. 우리는 인물을 통해 시간과 공간의 변화를 보기 때문이다. 일반적으로 서사는 사건이나 생각을 차례대로 적어나간다.

반면 묘사는 '어느 한순간 눈에 보이는 것을 그대로 보여주는 것'이다. 즉 서사가 '순서도'라면 묘사는 '구조도'다. 순서도와 구조도 둘 다 알아야 전체 흐름을 생생하게 파악할 수 있다. 묘사는 어떻게 하는가. 잘 쓴 글은 '들려주지 않고 보여준다'는 말이 있다. 바로 눈앞에 보이는 것을 사진으로 옮기듯 글로 표현해야 한다. 허구가 아니라 사실인 양 나타내야 한다.

설명과 묘사를 예문으로 비교해보자.

모든 글쓰기

설명 도시는 폭탄의 폭발로 엄청난 피해를 입었다.

묘사 불에 탄 피해 지역으로 들어서자 길바닥에 유리 조각이

햇빛에 반사되어 얼굴을 똑바로 들고 걸을 수가 없었다.

시체 썩는 냄새는 어제보다 조금 약해졌으나 집들이 무너

져 기왓장이 산더미처럼 쌓인 곳에는 악취가 진동하고 파

리들이 새까맣게 떼 지어 붙어 있었다. 거리를 정리하고

잔해를 치우던 구호반에는 후속 부대가 보충된 듯했다.

색은 바랬지만 아직 땀과 오물로 얼룩지지 않은 구호복을

입은 사람들이 섞여 있었다.

— 이스메 마스지, 「검은 빛」

    설명과 묘사의 차이는 무엇일까? 설명은 머리로, 생각
으로 이해시키지만 묘사는 감각으로 받아들이게 한다. 즉
오감을 활용한다. 위 묘사 예문을 찬찬히 살펴보면 시각과
후각을 다양하게 사용함을 알 수 있다. '보여주기'는 시각
이라는 감각 기관에 비춘 대상을 나타내는 것이다. 시각 외
에 다른 감각도 활용할 수 있다. 청각, 촉각, 후각, 미각이다.
이 오감에 느껴지는 것을 글로 옮기면 생생한 묘사가 되고,

읽는 사람은 그 자리에 있는 것 같은 임장감을 느끼게 된다. '더럽다'고 설명하지 말고 '음식물이 썩어가는 냄새가 난다'고 표현해라.

아래는 오감을 활용한 묘사 예문이다.

시각 **떨어진 빗방울이 흙바닥에 스며들었다.**

청각 **빗줄기가 나뭇잎을 두드리는 소리가 들렸다.**

촉각 **차가운 빗방울이 등을 타고 흐르자 몸이 으스스 떨렸다.**

후각 **빗속에 꽃향기가 풍겼다.**

미각 **빗물에서 흙 맛이 났다.**

묘사에는 '상황 묘사' 외에 '심리 묘사'와 '행동 묘사'가 있다.

심리 묘사는 마음의 움직임을 나타내는 것이고, 이를 외적으로 표현할 수도 있다. 예를 들어 '볼이 빨개졌다' '손이 덜덜 떨렸다'고 표현하면 우리는 그 사람의 감정을 알 수 있다. 심리 묘사는 소설에서 많은 부분을 차지한다. 이 표현을 잘하려면 그 사람 입장이 돼 감정 상태를 떠올려야 한다.

행동 묘사는 영화나 드라마 시나리오에서 지문으로 많이 쓴다. 주로 사건 현장에서 사람들의 움직임을 나타낸다. '소리치다' '달려오다' '도망치다' 같은 표현으로 상황과 분위기를 알 수 있게 한다.

다음으로 대화를 살펴보자.

흔히 대화를 정보 전달 수단으로만 이해하지만 더 깊이 들여다보면 대화는 '사람이 사람에게 하는 행동'이다. 우리는 말로 소통하며 산다. 말로 뜻과 의지를 전달하고 심지어 감정까지 전한다. 이런 점에서 말은 곧 상대에게 하는 내 행동이다. 그리고 그런 행동과 행동이 오가는 게 대화다. 상대의 행동에 감사의 뜻을 전할 수도 있고 반발할 수도 있다. 그래서 대화 장면은 독자를 끌어들이는 탁월한 힘을 지녔다. 일상에서 가장 많이 사용하는 표현 방법이기에 글 내용도 사실이라고 믿게 된다.

이 밖에도 대화는 여러 기능을 한다. 말하는 사람의 감정 상태를 드러내고 생각과 행동을 알려준다. 나아가 그의 성격, 상대와의 관계와 갈등까지 드러낸다. 그럼으로써 인물을 살아있는 사람처럼 느끼게 한다. 또 대화를 통해 자연스럽게 '사실과 정보'를 제공하면서 이야기를 발전시킨다. 설명을 대화 형식으로 바꾸는 방법은 간단하다. 『미움받을 용기』에서처럼 한 사람이 질문하고 상대방이 답하게 하면 된다.

표현할 때는 현실의 대화처럼 써야 한다. 사투리 등 구어체를 그대로 넣으라는 뜻이 아니다. 읽었을 때 자연스럽게 들려야 한다. 모든 말을 대화로 쓰는 게 아니라 이야기와 관련 있는 내용을 넣어야 한다. 대화가 자연스러우면서 극적일수록 더 좋다.

늘 대화하면서도 처음 글을 쓰는 사람은 대화 장면을 쉽게 쓰지 못한다. 자연스럽게 사용하던 말을 " " 안에 넣어 표현하는 데 익숙하지 않기 때문이다. 아래 예시로 대화 쓰기를 연습해보자.

로맨스 소설에서 남녀의 사랑 장면을 대화로 써보자. 사랑을 고백하는 사람은 상대가 듣고 싶을 황홀한 이야기를 하라. 그렇지만 고백 받은 상대는 당장 받아들이지 못하는 이유를 설명

하라. 이런 식으로 사랑의 대화를 이어가라.

1. *배경을 간단하게 묘사하라. (바닷가, 공원, 산책로 등)*
2. *두 사람으로 나눠 둘 중 한 명이 사랑을 표현하게 하라.*
3. *다른 사람이 당장 사랑을 받아들이지 못하는 이유를 말하게 하라.*
4. *두 사람의 사랑 대화를 이어가라.*

정리하면 서사는 사건이나 생각을 설명 형식으로 차례대로 알리는 데 사용하고, 묘사는 상황과 심리와 행동을 감각적으로 전달하는 표현법이다. 대화는 두 가지 모두를 나타낼 수 있고 현실적인 느낌을 준다. 한마디로 서술, 묘사, 대화 등 소설 속 표현법은 삶의 모습과 같다. 우리는 생각하고(서술), 관찰하고(묘사), 말하며(대화) 산다. 다만 장르에 따라 표현 기법이 조금씩 다르다. 영화는 생각은 볼 수 없기에 심리까지도 이미지로 나타내야 하고, 영상으로 보여주니 묘사를 할 필요가 없다. 따라서 영화 시나리오는 대화가 가장 큰 비중을 차지한다.

소설에서는 사건과 생각을 알려주는 서술로 깊이와 본질을 제공하고, 묘사로 볼거리와 움직임을 제시하며, 대화로 이야기를 진전시킨다. 세 가지 모두를 적절하게 활용해야 생동감 있고 흥미진진한 이야기가 된다. 그래야 독자가 정보와 재미, 둘 다 느낄 수 있다.

더불어 호소력 있는 연설 원고를 쓰는 팁 몇 가지를 소개하겠다. 역시 묘사와 대화를 활용해야 하기 때문이다.

먼저 생생하게 말해야 한다. 생생하게 말하는 방법은 디테일을 살리는 것이다. "그 여자 예쁘더라"라는 표현보다 "크고 동그란 눈에 길고 웨이브진 머리, 165센티미터 정도의 키를 가진 아름다운 여자였어"라고 이야기해야 그림이 그려진다. 그냥 '꽃'보다는 '잎이 몇 장 떨어진 장미꽃', '대학생 한 명'보다는 '서울대 경영학과 김 모 학생'이라고 표현해야 구체적이고 더 믿음이 간다. 즉 묘사가 세밀해야 한다.

그러나 한 가지, 여기서 주의할 점이 있다. 디테일을 살린다고 시시콜콜한 이야기까지 늘어놓으면 청중은 지루해

한다. 주제와 무관하거나 흥미를 자아내지 못하는 내용이라면 과감하게 삭제해야 한다. '침묵은 금'이라는 속담처럼 때로는 삭제가 표현보다 더 큰 울림을 준다.

다음으로 솔직하게 자신을 드러내라. 앞에서 소개한 미셸 오바마처럼 가난하고 불우했던 어린 시절을 드러내면 청중은 오히려 호감을 보인다. 무턱대고 자신을 드러내기가 민망하다면 "제가 이런 이야기 처음 해보는데 오늘 용기를 내보겠습니다" 혹은 "이런 이야기까지 해도 좋을지 모르겠지만"이라고 운을 떼서 양해를 구한다.

그다음에 자기 이야기와 청중을 엮어라. 사람들은 자기 이야기라고 생각해야 공감한다. '우리'라는 표현을 자주 쓰고, 이를 변형해 '여러분처럼 저도'라는 식의 표현을 사용한다. 친밀감을 강화하려면 대화 내용을 소개하면 된다. 실제 있었던 시어머니나 남편, 연인과의 대화를 이야기할 때 귀 기울이지 않는 사람은 없다.

이처럼 묘사와 대화를 적절히 섞어 쓰면 청중을 집중시켜 호소력 있는 연설을 할 수 있다.

16
수사법은
창의력의 원천이다

수사법은 표현 방법에 따라 비유법, 강조법, 변화법 세 가지가 있다. **비유법**은 표현하려는 대상을 다른 대상에 빗대어 나타내는 표현법이다. 직유법, 은유법, 활유법, 풍유법, 대유법 등이 있다. **강조법**은 표현하려는 내용을 뚜렷하게 나타내 읽는 이에게 분명한 인상이 느껴지게 하는 표현법이다. 과장법, 반복법, 점층법 등이 여기에 속한다. **변화법**은 단조롭지 않게 하여 문장에 생기 있는 변화를 주기 위한 표현법이다. 설의법, 돈호법, 대구법이 있다.

내 글쓰기 교육은 아래 질문으로 시작한다.

질문 **글은 어디로 쓸까요?**

> *(수강생들은 머리, 손가락 같은 답을 한다. 듣고 나서 다음과 같이 말*
> *한다.)*

대답 **글은 엉덩이로 씁니다. 앉아서 써야 하기 때문입니다.**

> *(이어 운동에 비유해 글쓰기를 설명한다.)*

비유 **수영 이론서를 읽었다고 수영을 잘하지는 않습니다. 실제**
로 물에 들어가서 연습해야 합니다.

이유 **마찬가지로 글쓰기 책을 읽었다고 글을 잘 쓰지는 못합니다.**

주장 **운동선수처럼 시간을 내 꾸준히 연습해야 합니다.**

대유법을 사용한 비유다. 대유법은 사물의 명칭을 직접
쓰지 않고 사물의 일부나 특징을 들어 전체를 나타내는 수
사법이다. 퀴즈에서는 몸의 일부분인 엉덩이를 들어 글 쓰
는 법을 설명했다. 이처럼 비유를 사용하면 이해하기 쉽고
재미도 있다.

비유가 이해하기 쉬운 이유는 상대가 아는 것으로 설

명하기 때문이다. 성경은 비유를 많이 사용했다. 당시 유대 사회는 농경과 목축 사회였다. 듣는 사람 대부분이 글을 모르는 농부나 목자였지만 씨앗과 양에 비유해 설명하니 알아들었다. 예수님은 '사람을 낚는 어부가 되게 하리니'라는 비유로 어부인 베드로를 제자로 삼았다.

이처럼 비유법은 상대가 알고 있는 대상에 빗대 쉽게 이해시키거나 익숙한 사물을 들어 추상적인 감정과 기분까지 독자에게 전달하는 표현법으로 직유법, 은유법, 의인법, 활유법, 대유법, 풍유법 등이 있다. 학창 시절 기억을 더듬어 간단히 내용을 살펴보자.

직유법

원관념과 보조관념을 직접 연결해 표현하는 것. '마치' '흡사' '같이' '처럼' '듯' 등의 연결어를 사용함.

(예) 구름에 달 가듯이 가는 나그네.

은유법

원관념과 보조관념을 간접적으로 연결해 표현하는 것. 'A는 B다'라는 형태로 표현됨.

모든 글쓰기

(예) 내 마음은 호수요.

의인법

사람이 아닌 동식물이나 무생물, 개념을 사람처럼 표현하는 것.

(예) 별이 내게 속삭였다.

활유법

생명이 없는 것을 생명이 있는 것처럼 표현하는 것.

(예) 냉장고가 숨을 쉰다.

풍유법

원관념을 드러내지 않고 보조관념으로 뜻을 암시하는 것.

(예) 등잔 밑이 어둡다.

대유법

사물의 일부나 그 속성을 들어서 전체나 자체를 나타내는 것.

(예) 백의의 천사, 요람에서 무덤까지.

이 모든 비유법의 공통점은 상대가 알고 있는 지식이나 익숙한 물건을 들어 뜻을 전달하는 것이다. '내 마음은 호수요'를 예로 들어보자. '마음'처럼 추상적인 감정이나 개념을 직접 설명하기는 어렵다. 하지만 '호수'처럼 구체적인 사물에 빗대면 이해시킬 수 있다.

시에서 비유를 많이 쓰는 것도 이런 이유 때문이다. 감정이나 정서를 구체적인 사물, 자연에 빗대 전달하려 하기 때문이다. 시작법 중에 선경후정(先景後情)이란 말이 있다. 경치를 먼저 묘사하고 뒤에 정서를 전하는 방법이다. 김소월의 시 「실버들」이 이 방식으로 쓰였다.

실버들을 천만사(千萬絲) 늘어놓고도
가는 봄을 잡지도 못한단 말인가

이 내 몸이 아무리 아쉽다기로
돌아서는 님이야 어이 잡으랴

비유가 이해하기 쉬운 이유를 조금 더 깊이 들여다보면 전제가 같거나 공통점이 있기 때문이다. 위의 시에서는 '가는 봄과 떠나는 님'은 잡을 수 없고, 앞의 퀴즈에서는 '수영과 글쓰기' 모두 훈련과 실습을 통해 실력이 느는 기술이라는 점이 같다.

여러모로 유용한 비유법이지만 주의할 점이 있다. 구태의연한 비유보다 상황에 맞는 새로운 표현을 써야 한다. 예를 들어 빠름을 표현하는 쏜살같이는 '쏜 화살 같이'를 줄인 말이다. 옛날에는 화살이 빠른 물건이었지만 지금은 보기도 어렵고 그보다 빠른 물건도 많다. 틀에 박힌 표현을 뜻하는 클리셰(Cliché)처럼 들리기 때문에 차라리 사용하지 않는 게 낫다. '백마 탄 기사'도 마찬가지다. 지금은 영국에 가도 그런 사람을 보기 어렵다. '울부짖는 머리카락'처럼 와닿지 않는 비유도 사용하지 않는 게 좋다. 메두사가 아닌 이상 머리카락이 울부짖는 모습은 상상하기 어렵다.

광고나 홍보에서는 수사법을 더 적극적으로 활용한다. 전달하기 쉽고 읽는 재미를 살릴 수 있어서다. 비유법은 물론 강조법, 변화법도 사용한다. 사례를 통해 수사법을 폭넓게 살펴보자.

먼저 비유법의 여왕인 은유법이다. 익숙한 노래 가사인 '남자는 배 여자는 항구'는 은유법으로 쓰였다. 남자, 여자의 속성을 배와 항구의 두드러진 특징(떠난다, 기다린다)을 빌어 표현했다. 세계적인 여배우 마릴린 먼로는 샤넬 향수만 입고 잔다고 말해 큰 반향을 일으켰다. '샤넬 향수는 세상에서 가장 가벼운 잠옷'이란 문구는 여기서 나왔다. 다이아몬드의 단단한 속성에 착안한 '다이아몬드는 영원하다'는 카피 역시 유명하다. 다이아몬드를 '영원'이라는 개념과 연결시킴으로써 결혼식 반지로 많이 팔렸다.

다음으로 대유법이다. 대유법은 사물의 한 가지 속성을 부각시켜 전체를 표현하는 비유법이다. 따지고 보면 '삼천리 금수강산'이란 표현도 대유법이다. 삼천리 전체가 비단에 수를 놓은 듯 아름다운 산천은 아니지만 대표적인 속성을 부각시켜 아름다운 나라임을 표현했다. 예전 현대차에서 직원 부인이 나와 '우리 집 양반이 30년간 입어온 작업복'이라는 광고를 한 적이 있다. 낡은 작업복을 들어 기업의 성실성과 지속성을 강조했다.

의인법은 광고에서 흔히 사용한다. 사람이 아닌 제품이 말을 하는 광고는 모두 의인법을 사용하고 있다. 의인법과 유사한 활유법은 제품을 생명이 있는 것처럼 표현한다. '숨쉬는 냉장고' '피부를 감싸는 공기 방울' 같은 문구가 바로 그것이다.

다음으로 강조법과 변화법을 살펴보자.

광고 대부분은 어느 정도 대상을 부풀려서 이야기하는 과장법을 사용한다. '아이파크가 들어오면 도시가 숨을 쉽니다'는 과장법과 활유법을 함께 사용한 카피다. 거꾸로 '간에 기별도 안 간다'처럼 과소법으로 이야기하기도 한다. '기름 냄새만 맡아도 가는 승용차'라는 표현이 여기에 해당한다.

돈호법은 사람이나 사물의 이름을 불러 주의를 불러일으키는 수사법이다. 광고에서는 주로 판매 대상층을 일컬어 시선을 집중시킨다. '여성들이여, 잠꾸러기가 되자' '대한민국 엄마들 따져봅시다'처럼 사용하거나 목표 고객층을 더욱 구체화해 '이런 잇몸을 찾습니다' '영어 백신, 6학년 때 맞아야 항체가 생긴다' '상가 건물을 지으려는 L 사장님'처럼 부른다.

대구법은 '낮말은 새가 듣고 밤말은 쥐가 듣는다'처럼 어조가 비슷한 문구를 나란히 둬 문장에 변화를 주는 표현법이다. 리듬감이 살고 대비, 비교를 통해 차이가 선명히 드러나는 장점이 있다. KTF의 '차이는 인정한다, 차별엔 도전한다', 프로스펙스의 '정복 당할 것인가, 정복할 것인가'가 유명한 사례다.

수사법은 창의적이고 혁신적인 사고방식의 원천이기도 하다. 창의와 혁신에 목마른 기업들은 브레인스토밍 등 여러 가지 아이디어 발상법을 교육한다. 이런 발상법 역시 수사법에 바탕을 두고 있다. 이유와 근거를 들어보겠다.

스위스의 전기 기술자 조르주 드 메스트랄(George de Mestral)은 1941년에 산토끼를 발견한 사냥개를 뒤쫓다 산우엉이 우거진 숲으로 뛰어들었다. 그때 옷 여기저기에 산우엉 씨가 붙었는데 잘 떨어지지 않았다. 호기심 많은 메스트랄은 집에 돌아와서 산우엉 씨를 확대경으로 살펴보았고, 갈고리 모양으로 생겼다는 걸 발견했다. 그는 이 원리를 이용해 한쪽에는 갈고리가 있고, 다른 쪽에는 실로 된 작은 고리가 있는 벨크로 테이프를 만들었다. 이후 벨크로는 의류, 신발 등 여러 상품에 활용되며 대박 상품이 되었다. 이런 예는 헤아릴 수 없이 많다. 덩굴장미를 모방해 철

조망을 만든 양치기 소년, 캐터필러라는 이름의 애벌레처럼 움직이는 차를 만든 캐터필러 회사, 최근에는 믹 피어스라는 사람이 개미집을 모방해 에어컨 없이도 냉방이 유지되는 빌딩을 아프리카에 세웠다.

창의력 학자 미국의 고든(William J. J. Gordon)은 위의 예에서처럼 뛰어난 창의력을 보이는 사람들이 어떤 사물과 현상을 관찰해 거기서 새로운 제품을 만들어낸다는 사실을 알고 이 원리를 적용해 바로잉(Borrowing)이라는 아이디어 발상법을 개발했다. 따져보면 이 방식은 비유법과 원리가 같다. 두 사물의 공통점에 착안했기 때문이다. 이처럼 수사법의 원리만 잘 이해해도 창의적 발상, 새로운 제품 개발이 가능하다.

최근 각광받고 있는 '창의적 문제 해결 방법론' 트리즈(TRIZ)에도 '난쟁이 기법'이 있다. 기계가 고장 나면 자신이 그 기계라고 생각해 해결 방법을 찾는다. 다만 기계는 분리할 수 있지만 사람은 그럴 수 없기에 여러 명의 난쟁이로 변형시켜 생각한다. 이 역시 무생물을 사람처럼 생각하는 의인법이다.

컵라면을 사발면으로 만든 것은 과장법이고, 여러 대의 차를 이어 열차를 만든 것은 반복법이다. 자신이 가진 장점을 극대화하라는 '전략 캔버스'는 대유법과 유사하고, '기왕이면 다홍치마'라는 풍유법은 디자인적 사고와 같다. 이처럼 수사법은 아름답고 이해하기 쉬운 표현법에 그치지 않는다. 인간 창의성의 원천이다.

손정의는 학생 시절 주머니 두 개에서 나온 단어를 연결해 새로운 제품, 비즈니스 모델을 고안하는 훈련을 했다. 예를 들어 한 주머니에서 '나비'가 나오고 다른 주머니에서 '시계'가 나오면 나비가 꽃향기를 찾아다니는 점에 착안해 기분 좋은 향기를 뿜는 시계를 고안하는 식이다. 이렇게 얼핏 접합점이 보이지 않는 두 가지를 연결해 새로운 제품을 개발하거나 문제를 해결하는 발상법을 '수평 사고 이론'이라고 한다.

창의성을 키우고 싶다면 새로운 수사적 표현을 해보고 나아가 아이디어까지 떠올려보라. 생각지 못했던 새로운 제품, 비즈니스 모델이 나올 것이다.

17
문장은 쉽고, 짧고,
맞게 쓴다

　큰 과수원을 경영하는 농부가 농업 기술 담당관에게 편지를 써 보일러 파이프를 청소하기 위해 염산을 사용해도 되는지 물었다. 답장이 왔다.

　'화학 반응 과정의 불확실성 때문에 염산의 사용은 알칼리성 물질이 내포된 상황에서는 바람직하지 않을 것 같습니다.'

　농부는 회신에 대한 감사의 말과 함께 다시 편지를 썼다. 염산을 써도 안전한지 재차 물었고, 이번에는 좀 더 긴 답장이 왔다.

'귀하께서 염산을 사용한다면 아마 후회하게 될지도 모릅니다. 왜냐면 반응 과정의 불투명 때문입니다. 염산은 반응 과정에서 염기 부산물을 생산할 것으로 여겨집니다.'

농부는 염산으로 파이프를 청소해도 아무 이상이 없는지 알고 싶다고 재차 물었다. 그제서야 평범한 어투의 답장이 간단하게 왔다.

'염산을 사용하지 마십시오. 파이프 펑크납니다.'

글은 읽는 사람이 쉽게 이해하도록 써야 한다. 하지만 많은 사람이, 특히 전문가 집단일수록 이해하기 어려운 말을 쓰는 경향이 있다. 아래 의사가 한 말이 어떤 뜻인지 맞춰보라.

"7세 남아가 1.5미터 하이트에서 폴다운해서 라이트 아이리드 레서세이션을 입어 이알 비지트 했습니다."

이 말의 뜻은 이렇다.

"7세 남자아이가 1.5미터 높이에서 떨어져 오른쪽 눈꺼풀이 찢어져 응급실에 찾아왔습니다."

쉬운 단어를 전문 용어라도 되는 양 어렵게 써서 알아

듣지 못하게 말한다. 전문 용어도 아니다. 단지 영어를 섞어 국적 없는 문장을 만들었을 뿐이다. 전문가만 이러지 않는다. 평범한 회사원도 자기 회사에서만 쓰는 축약어를 쓰거나 사전에도 나오지 않는 단어를 남발하는 경우가 많다. 깨알같이 작게 써서 읽기도 어렵지만 읽어도 이해되지 않는 설명서가 한 예다.

이윤기 소설가가 이런 경험을 글로 남겼다.

외국에서 공부하고 귀국해 군에 입대한 아들과 나 사이에 실제로 오간 대화다.

"아버지, 피복 지급이 무슨 뜻입니까?"

"그것은 옷을 준다는 뜻이다."

"그럼 급료 수령은요?"

"월급 받아가라는 소리다."

"왜 그렇게 쉽게 쓰면 안 되지요?"

사람들은 왜 어려운 말을 즐겨 쓰는가? 자기네들끼리만 아는 말을 씀으로써 바깥사람을 난처하게 하는가? 글 부리고 말 부

릴 때마다 가슴에 손을 얹고 나는 묻는다.

글은 읽는 사람이 이해할 수 있도록 쉽게 써야 한다. 쉽게 쓰려면 위 사례의 반대로 하면 된다. **가능한 한 한자어, 영어를 쓰지 말고 축약어, 전문 용어는 상대가 이해하도록 풀어써야 한다.** 단적으로 말해 불가피한 경우를 제외하고는 한글로 쓴다. 한글로 쓰면 이해하기 쉽고 느낌까지 선명해진다. 아래 사례를 보자.

1. *그는 주의하라고 고함을 쳤다.*
2. *그는 주의하라고 고함쳤다.*
3. *그는 주의하라고 소리쳤다.*
4. *그는 주의하라고 외쳤다.*

1은 불필요하게 단어를 나눠 글자 수가 길어지고 읽기도 어렵다. 2는 '고함'이라는 단어가 한자어이기에 한 번 더 뜻을 생각해야 한다. 3은 평소 쓰던 한글이라 애쓰지 않아도 이해된다. 4는 맞춤한 단어를 사용해 더 자연스럽고 글자 수도 적어 걸리는 데 없이 쭉 읽힌다.

한글을 사용하면 더 나은 문장이 된다. 한글 문장 구조에 한자어, 일본어, 영어를 넣으면 오히려 독해가 난해해지고 인식을 저해하는 현상이 발생하는 경우가 부지기수다. 또 문장 구조가 달라 1번처럼 잘못된 표현이 나오기 쉽다. 한자어, 일본어, 영어만 한글로 쓰려 노력해도 쉽고 잘 읽히는 글이 된다. 한자어나 외래어가 나오면 무조건 사전을 찾아보라. 뜻도 분명히 알 수 있고 바꿀 수 있는 한글 단어도 찾을 수 있다. 요새는 인터넷 사전이 있어 찾기도 어렵지 않다.

그렇다고 모든 단어를 한글로 쓰라는 말은 아니고 그럴 수도 없다. 상대가 이해하기 쉽게 쓰라는 뜻이다. 열 가지 책을 써보니 **한글로 풀어쓰려 노력할 때 쉬운 문장이 나온다.**

그런 다음 독자의 눈으로 글을 읽어봐야 한다. 자기가 쓴 글을 일주일쯤 묵혀뒀다 독자의 시선으로 읽으며 글을 고쳐야 한다. 쓰고 난 직후에는 머릿속에 글과 관련된 생각이 가득 차 있어 객관적으로 읽기 어렵다. 김수영 시인도

초고를 일주일쯤 다락 비밀 장소에 숨겨두고 두근거리는 가슴이 진정되면 퇴고했다.

글이 어려워지는 또 다른 이유는 현학적인 체하기 때문이다. 아래 글을 읽어보자.

"그 존재에 있어서 본질적으로 도래적이며, 따라서 자신의 죽음에 대해 자유롭게, 그것에 부딪쳐 부서지면서 자신의 기설적 현(現)에로 스스로를 되던질 수 있는 존재자만이, 즉 도래적인 것으로서 등근원적으로 기재적인 존재만이 상속받은 가능성을 스스로에게 넘겨주면서 자신의 고유한 피투성을 넘겨받고, '자기 시대'에 대해 순간적일 수 있다."

— 하이데거, 『존재와 시간』 중에서

세상에 없었던 새로운 사상을 표현하려다 보면 난해한 글이 될 수도 있고, 이상 시인처럼 의도적으로 문법이나 문장을 파괴하는 실험을 할 수도 있다. 하지만 대부분의 현학적 표현은 게으름 때문이다. 단적인 예로 해방 70년이 지난 지금까지도 법전에는 일본어가 넘쳐나고 일반인은 듣도 보도 못한 낯선 단어로 채워져 있다. 법관이라고, 교수라고 한글을 잘 아는 것도 아니고 글을 잘 쓰는 것도 아니다. 남의 나라에 유학 가서 듣고 배운 것을 어설프게 번역해 가르치다 보니 난해한 글이 된다. 안타까운 것은 그런 교수에게서 배운 어린 학생들이 이런 표현을 따라 쓴다는 점이다. 일상에서 쓰지 않는 낯선 단어로 쓴 글을 볼 때마다 이렇게 외치고 싶다.

현학적인 글이 아니라 쉬운 글을 쓰자.

현학적인 글의 특징은 대부분 문장 길이가 길다. 자기 자신도 명료하게 이해하지 못해 그럴듯한 단어를 죄다 욱여넣다 보니 글이 길어진다. 문장은 길수록 이해하기 어렵다. 한 문장이 열 줄인 글을 상상해보라. 맨 뒷줄을 읽을 때 앞줄은 기억나지도 않는다. 게다가 한자어 등이 섞여서 중간중간 사전을 찾거나 뜻을 찾아야 하면 흐름이 끊긴다. 한 문장을 두 장 넘게 이어 썼다고 자랑하는 사람이 있던데 그런 문장을 읽고 이해하려면 한나절이 걸린다. 그래서 읽다 집어던진다.

우리는 일상생활에서 '최소의 비용으로 최대의 효과'를 내는 경제성의 원리를 따르며 살아간다. 글도 마찬가지다. 최소의 단어로 최대의 효과를 내는 글이 좋은 글이다. 특히 실용문일수록 짧게 써야 한다. 바쁘게 돌아가는 세상, 휴대폰으로 읽는 시대다. 한눈에 들어오지 않는 글은 읽기도 어렵고 집중하기도 힘드니 외면당한다.

짧게 쓴다고 글이 허술해지거나 전달이 덜 되는 것도 아니다. 미니멀리즘의 대가 레이먼드 카버(Raymond Carver)는 중학생이면 읽을 수 있는 쉬운 단어로 대부분 주어, 동사만을 이용해 아름답고 선명한 글을 썼다. 뛰어난 문체로 '소설가를 가르치는 소설가'로 불리는 제임스 설터(James Salter)도 쉽고 짧게 썼다. 그의 소설 『가벼운 나날』은 이렇게 시작한다.

우리는 빠르게 검은 강에 다가간다. 강변은 돌처럼 평평하고 매끄럽다. 큰 배나 조각배, 흰 자국조차 없다. 강물은 바람에

끊기고 부서졌다. 이 거대한 하구는 넓고 끝이 없다.

이 문장에 매료돼 이 책을 열 번 이상 읽었다.

가능한 한 주어와 동사로만 쓰는 것을 목표로 삼아라.

이렇게 쓰면 가독성이 좋아지고 뜻도 분명해진다. 짧으면 잘못 쓸 가능성도 줄어든다. 회사 업무도 프로세스가 길수록 오류나 불량 가능성이 늘기 때문에 린6시그마 등 최근의 혁신 방법은 불필요한 단계를 줄이는 걸 최우선 목표로 삼는다. 문장도 마찬가지다. 불필요한 단어와 부호를 없앨수록 정확해진다.

최우선적으로 없애야 할 것들은 아래와 같다.

– 수식어, 특히 부사는 가급적 뺀다. 비유하면 부사는 인공 조미료, 형용사는 소금 같은 기초 조미료다. 재료 본연의 맛을 살리려면 조미료는 가급적 쓰지 않는 게 좋다.

스티븐 킹은 퇴고 때 부사를 발견하면 잡초를 뽑아내듯 뽑아버렸다.

　- '역전앞' '무슨 일이 있어도 반드시'처럼 중복된 표현은 둘 중 하나를 삭제한다. 중복한다고 더 강조되지 않는다. 글만 지저분해질 뿐이다.

　- '~에 대한' '~에 관한' 같은 군더더기 말도 뺀다. 일본식 표현이고 삭제해도 뜻이 통한다. '영국에 대한 이야기'가 아니라 '영국 이야기'로 쓴다.

　- '나는' '생각한다' '시작했다'처럼 쓰지 않아도 문맥상 알 수 있는 뻔한 단어도 뺀다. 예를 들어 '나는 돌이 단단하다고 생각한다'고 쓰지 말고 '돌은 단단하다'고 쓴다.

아래는 그 단어나 부호를 빼도 뜻이 통하면 삭제한다.

　- 문맥상 뜻이 통하는 '그리고' '그러나' 등 접속어는 삭

제한다.

- 쉼표는 가급적 찍지 않는다.

- 우리말은 영어처럼 복수형 '~들'을 붙이지 않아도 된
다. 예를 들어 '꽃은 아름답다'고 하면 이미 복수의 뜻을 담
고 있다.

- '~의'는 일본식 표현이다. 일본어는 명사와 명사를 붙
일 때 'の'를 넣지만 우리말은 대부분 빼도 된다.

불필요한 단어를 제거하고 난 후에 남아있는 주어와 동
사는 각별히 신경 써야 한다. 그래야 문장이 산다.

주어는 대명사보다 명사로, 추상적인 명사보다 구체적
인 명사로 써야 전체 문장을 이해하기 쉽다. 특히 주요 행위
자를 주어로 삼아야 한다. 그래야 능동적인 동사가 따라붙
기 때문이다. 가능하면 짧고 친숙한 이름을 사용한다. 기준
이 되는 단어이기 때문에 자주 써야 하고, 일관되게 유지해

야 헷갈리지 않기 때문이다. 주어가 '한영철'이면 같은 단어로 계속 쓰는 게 좋다. '그' '그 사람' '남자'로 계속 바꾸면 누구일까 생각하느라 가독성이 떨어진다. 같은 이유로 주요 행위자 수를 줄일수록 일관성과 가독성을 유지하기 쉽다. 주어가 일관되면 문맥으로 알 수 있어 생략하기도 쉽다.

주어와 달리 동사는 다양하게 바꿔가며 능동태로 쓴다. 주어가 일관될 때 동사까지 같으면 글이 지루해진다. 동사뿐 아니라 다른 단어도 마찬가지다. 같은 단어를 반복해서 쓰면 문장이 지루해질뿐더러 어휘력이 없어 보여 신뢰성이 떨어진다. 가급적 한 문장에 같은 단어를 두 번 쓰지 않아야 한다. 할 수 있다면 한 문단 전체에 같은 단어를 쓰지 않으면 더 좋다. 어쩔 수 없이 단어를 또 써야 한다면 유의어 사전을 찾아 다른 말로 바꿔라. 그리고 동사는 능동태로 써야 생동감이 느껴지고 글도 짧아진다. 예를 들어 '혁신이 이루어져야 회사가 발전된다'보다 '혁신해야 회사가 발전한다'로 쓰는 게 짧은 데도 훨씬 힘 있게 들린다. 능동적으로 쓰려면 딱 잘라 말해라. '틀린 것 같아요'보다 '틀렸어요'로 쓴다. 주어가 애매한 수동태 표현이나 불확실한 끝맺음은 자신감이 없어 보여 설득력도 떨어진다.

정리하면 동사는 문장을 살아 움직이게 하는 에너지다.
이 귀한 동사 자리에 '~이다' '~있다' 같은 빈 동사를 형식
적으로 넣지 마라. 의미가 담긴 동사를 써야 문장이 느슨해
지지 않고 박진감이 넘친다. '달려가고 있다'보다 '달려간
다'로 써라.

그런 다음 주어와 동사를 붙여 쓰면 문법에 맞지 않는
'비문'을 피할 수 있다. 아래 예문을 보자.

예문 **전문가들은 미·중 무역 갈등과 내수 시장 위축으로 내년**
경기도 낙관할 수 없다고 지적이다.

위는 잘못된 문장이다. 주어와 동사가 일치하기 않기
때문이다. 긴 문장에 주어 먼저 써놓고 마지막에 동사를 쓰
다 보면 이런 비문이 나오기 쉽다. 아래처럼 수정해야 올바
른 문장이 된다.

수정 1 **전문가들은 미·중 무역 갈등과 내수 시장 위축으로 내**

년 경기도 낙관할 수 없다고 지적한다.

주어와 동사만 읽어봐도 비문인지 아닌지 쉽게 알 수 있다. 더 좋은 방법은 주어와 동사를 붙여 쓰는 것이다. 그러면 실수를 예방할뿐더러 이해하기 쉬운 문장이 된다.

수정 2 **미·중 무역 갈등과 내수 시장 위축으로 내년 경기도 낙관할 수 없다고 전문가들은 지적한다.**

문장을 나누면 읽기도, 이해하기도 쉽다.

수정 3 **내년 경기도 낙관할 수 없다고 전문가들은 지적한다. 미·중 무역 갈등과 내수 시장 위축 때문이다.**

마지막으로, 단어는 최대한 적확하게 써야 한다. 앞 문장에서는 '정확'이 아니라 '적확'이라는 단어를 사용했다. 국립국어원에서는 두 단어의 차이를 이렇게 설명한다.

적확하다(的確--)는 '정확하게 맞아 조금도 틀리지 아니하다'의 뜻이고, 정확하다(正確--)는 '바르고 확실하다' '자세하고 확실하다'의 뜻입니다. 이처럼 적확하다와 정확하다는 뜻이 다르므로 문맥에 맞도록 단어를 선택해 써야 할 것입니다. '틀림없이 들어맞는 표현'이라는 뜻을 나타내려면 '적확한 표현'으로, '바르고 확실한 표현/자세하고 확실한 표현'이라는 뜻을 나타내려면 '정확한 표현'으로 써야 합니다.

프랑스 소설가 플로베르는 "똑같은 파리는 없고, 똑같은 나뭇잎도 없고, 똑같은 모래알도 없다. 글을 쓸 때는 그 현상에 딱 맞는 말을 골라야 한다"며 일물일어설(一物一語說)을 주장했다. 이러한 신념이 있어 플로베르는『마담 보바리』를 3년 넘게 고치고 또 고쳤다. 적확한 단어를 찾기 위해서였다.

적확해야 할 것은 단어만이 아니다. 문장 역시 논리적인가, 근거가 합당한가 따져보아야 한다. 논리적으로 앞뒤만 맞아도, 근거만 제자리에 있어도 이해하기엔 무리가 없다. 앞에서는 '아는 게 힘'이라고 했다가 뒤에서는 '모르는 게 약'이라고 하면 독자는 갈피를 잡을 수 없다. 오탈자는 독자가 쉽게 알아차려 욕을 할지언정 계속 읽기는 한다. 하지만 논리가 뒤엉키면 책을 덮는다. 그 때문에 단어보다 더 중요한 게 문장이고 논리다. 쭉 읽어가다 이상하게 느껴지거나 쉽게 이해되지 않으면 단어와 단어, 문장과 문장의 이음새를 꼼꼼하게 검토해 고쳐야 한다.

그리고 글에 어울리는 단어를 쓰는 게 좋다. 경제학 책이라면 숫자를 1, 2, 3으로 쓰고 문학책이라면 하나, 둘, 셋이 낫다. 경제학은 정확성이 중요하고 문학은 울림을 중시하기 때문이다. 다만 한 번 숫자로 쓰면 계속 숫자, 글로 쓰면 계속 글로 써서 일관성을 유지해야 한다. 어떤 식의 표현이 어울릴지 헷갈리면 독자층을 떠올려보라. 아이가 읽을 책이라면 아이에 맞게, 어른이 읽을 책이라면 어른에 맞는 표현을 쓴다.

수정은 퇴고 때 몰아서 한다. 경험상 초고를 쓸 때는 앞뒤 재지 말고 계속 쓰는 게 좋다. 흐름을 놓치면 다시 그 흐름을 찾는 데 오랜 시간이 걸리기 때문이다. 초보자일수록

'내부 검열자'가 수시로 나타나 글쓰기를 방해한다. 문장 몇 개 고치려다 정신이 산만해져 쓸 힘을 잃고, 이런 일이 반복되면 글쓰기 자체를 포기한다. 초고를 쓸 때는 오탈자 신경 쓰지 말고 쓰는 데에만 집중해야 한다. 완성해야 전체 구조를 알고 세부 사항까지 제대로 고칠 수 있다. 대신 퇴고는 초고 이상 시간을 들여 고쳐야 한다. 선배 작가에게 퇴고를 언제까지 해야 하는지 물어보았다. 선배의 대답은 이랬다.

"토 나올 때까지."

보고 또 보고, 고치고 또 고치다 보면 신물이 나서 글자를 쳐다보기도 싫을 때가 있다. 그때가 그칠 때다.

마음의 주소

먼지 쌓인 공중전화 부스 옆에

주홍 우체통 침묵으로 벌린

검은 입 있어

하얀 편지를 부치네

무수한 사람들 말 속에 묻혀

말이 아니고

말 아닌 것도 아니어서

숨어 속살거리던 마음들 위에

붉은 심장 소인 찍어

그대에게 보내네

마음의 주소는 하나뿐

그대 열어보시게

오늘은 산수유 노란 꽃망울이

환하게 웃고 있네

모든 글쓰기